Roberto Cotroneo

L'ETÀ PERFETTA

Biblioteca Universale Rizzoli

Proprietà letteraria riservata
© 1999 RCS Libri S.p.A., Milano

ISBN 88-17-25120-8

prima edizione Superbur Narrativa: maggio 2000

e agli occhi di lui sono come
una che ha l'età perfetta.

1

C'è una legge di natura che sappia spiegare perché il mio desiderio per Nunzia sia rimasto intatto, a dispetto del tempo? Una legge che mi dica perché non c'è più una sola notte che io non desideri quel corpo, fino a sentirmelo addosso, come se Nunzia fosse ancora con me, in quelle stanze che dànno sul giardino? Se questa legge esiste, certo mi è ignota. E quando il cancello del giardino non si aprì, mi sentii perduto, come non potessi più godere della vita.

Il giardino era segreto, chiuso su tre lati da finestre che quasi lo imprigionavano. Soltanto una facciata interna del palazzo aveva al primo piano un piccolo balcone esposto a oriente, che prendeva sole per poco. Poi il sole scendeva fino a scomparire dietro le case ammassate una sull'altra, a formare vie storte, che un tempo le carrozze non giravano, e ora le automobili hanno il loro bel da fare.

Arrivai in città e il primo ricordo è per Antonino, quel tipografo senza un braccio che mi chiese perché mai volessi pubblicare un annuncio che non si capiva, sul foglio che leggevano tutti, ma di nascosto. C'era un odore strano in quella tipografia, di piombo e mandarini.

«Volete davvero scrivere questa cosa? Proprio così in questo modo?»

Proprio così. Così volevo. Con tutta la mia aria da giovane professore, e i pantaloni ancora macchiati dal vino rosso che mi avevano offerto sul treno.

«Volete, volete veramente signore?»

«Professore, se permettete.»

«Vogliate scusarmi, professore. Se leggo con proprietà debbo comporre le lettere su due righe: "Soffiate sul mio giardino". E poi sotto: "Esalino i suoi profumi". "Esalino" con una "s" soltanto?»

Persino il giornale profumava di mandarino: lasciato là a marcire sul tavolino del caffè Tripoli, al sole, proprio sotto l'insegna Martini & Rossi. Se non fosse stato per il cane che entrava e usciva tutto pareva una fotografia. Ferma come quel foglio di giornale fondato e diretto dal cavalier Attilio Corpaci sin dal 1951. Corpaci era massone (tutti dicevano), e soprattutto gran conoscitore del mondo: pronto a vendersi per una notizia contro il vescovo o quei democristiani dell'ultima ora, in verità vecchi monarchici ancora delusi dal referendum, nonostante fossero passati più di dieci anni.

Il cavaliere, così lo chiamavano tutti, era stato socialista. Nel 1913 era a Milano con Mussolini: all'"Avanti!". Fu per questo che poi i fascisti lo lasciarono in pace, con tutto che non aveva mai preso la tessera. Il Duce l'aveva ordinato con un dispaccio al prefetto: che fosse controllato, ma niente di più. E lui neanche un saluto romano, quando la domenica il federale portava la signora a passeggio.

Ma il tipografo di queste cose non parlava: «E dire che il braccio l'ho perduto sul Pasubio, con una mina. E quando sono tornato mi han dato del socialista. Dicono che tutti i tipografi sono socialisti».

«Una "s", solo una "s" per "esalino". Stampi così» dissi.

E lui, stupito: «Permettete una domanda, professore? Cosa significa: soffiate sul mio giardino, esalino i suoi profumi?».

«È la Bibbia.»

La sua fronte si incrinò. Non pareva più ben disposto: «Non si scherza con la Bibbia, professore. La Bibbia conta, conta davvero. La Bibbia lava i peccati, sapete? Il sangue. Ma che parte è della Bibbia? Una parabola? Il Vangelo? Io in chiesa non vado più, da quando sono tornato dalla guerra. E sono più di quarant'anni. Meno male che ora c'è il cavaliere, un benefattore: dice che la democrazia è bella perché si può scrivere quello che si vuole. E questo giornale lo scrive tutto lui, sapete. Dall'inizio alla fine».

Di tanto in tanto si sentiva un rumore secco, a rompere quel silenzio: «La volete maiuscola la "s" di "soffiate"?» chiese ancora il tipografo.

Mi pareva di aver dato un giro di vite alla mia esistenza. Nato a settanta chilometri da qui, con le strade di allora ci si mettevano anche tre ore. Venivo da una città più grande per insegnare latino e greco. Mi avevano dato una quarta ginnasio: sette alunni avevo, e tre venivano da fuori. Il provveditore agli studi mi avvertì timoroso: in quella classe c'era iscritta una ragazza, una femmina tra sei maschi. Non si era mai vista una femmina in quel ginnasio. Avrei dovuto tenere a bada tutti e vigilare, anche per la memoria del povero padre; scomparso da poco e buon conoscente del provveditore.

Mentre diceva queste cose mi consegnò il breve elenco degli iscritti. Scorrendo i nomi ebbi un soprassalto. La femmina portava il nome di una bambina che avevo conosciuto in Germania, quando ero lettore d'italiano. Il padre insegnava filologia romanza e aveva due figlie. La più grande era circondata da «un'aura perniciosa», come si affrettò a dirmi il provveditore, ignorando che la conoscessi assai bene. Certo il padre morì che erano ancora in Germania. Neppure il cortisone poté fare nulla. In soli sette giorni venne chiuso in una cassa e rispedito in Sicilia con la vedova e le due figlie.

«Ma dopo si ammalò anche la madre» disse il provveditore. «Per un anno le tende del palazzo rimasero chiuse. Se avesse visto la processione di professori: quasi ogni giorno ne arrivava uno nuovo, anche dal continente. E ogni volta uscivano scuotendo la testa. Poi finì anche quella, di processione. E si fecero i funerali. Sapete fu allora che vidi la figlia grande, tornata qualche mese prima dalla Francia, dove si diceva studiasse a Parigi con un professore famoso. L'isteria, capite, l'isteria studiava.»

«Povera Donna Franca» aggiunse ancora «colpita da una malattia che nessuno seppe riconoscere.

Negli ultimi tempi stava sempre chiusa in una stanza, e non voleva vedere nessuno. Le facevano la morfina sapete? Almeno così dicevano. E i suoi nervi parevano tendersi fino a spezzarsi, con febbri fortissime. Chiedeva del professore, come se fosse ancora vivo. Non capiva quello che diceva: gridava il suo nome, come fosse lui il medico che doveva salvarla. Pensi la vita come diventa strana. E quanta pietà ci deve ispirare».

Era vero che il professore assomigliava a un grande medico: a Tubinga faceva lezione in un'aula che pareva un piccolo teatro. Tavolo al centro, e banchi che salivano tutto intorno. Più che un filologo sembrava un professore di anatomia.

Acqua passata. E poi allora quella benedetta figlia non gli dava troppi pensieri, e la Nunzia era ancora bambina. In quanto al maschio, se ne parlò sempre. Era quello che aggiustava le gomme delle automobili, appena fuori la strada per il Belvedere. Si diceva che la madre fosse una donna bellissima, e del marito, mormoravano in città: «dimenticavi sempre il nome come se non ce l'avesse mai avuto». Ma quel figlio pareva la copia di Francesca.

Questa era una delle cose che più divertiva Francesca. «Una volta ci sono andata. Ho fermato la macchina e gli ho detto di guardare le ruote, se andavano bene. Solo che lui mi guardava le gambe, e le ruote non lo interessavano. Allora ho pensato che doveva essere rimasto scemo, se non aveva ancora capito. Ho chiuso le gambe, e sono ripartita che per poco non l'investivo. Due giorni dopo si presenta qui. Mi dice: "Signorina, l'altro giorno la vostra gomma non era a posto. Ma non mi avete dato il tempo...". Non sai che divertimento. Ho chiamato Carmine, il nostro autista, ligio che non puoi sapere. Non ci credeva che io ero andata con la macchina, da sola per quella strada. Puoi capire, Carmine era abituato a mia madre, che non doveva prendere le buche e che le venivano i sudori, e che non doveva correre perché se no il vomito... E così il fratello gommista è stato un'ora intera con Carmine. E delle mie gambe, neppure a parlarne. Non è più tornato. Forse ora sa tutto.»

Avevo una classe di somari addormentati. Tutti figli della borghesia cittadina, pronti a risvegliarsi al primo giorno di scuola, di fronte alle trecce dell'unica femmina di tutta la scuola. Trecce che non avevano nulla a che fare non dico con l'innocenza, ma neppure con l'ipocrisia dell'innocenza. E se per i primi giorni pareva difficile far tacere quel bisbiglio continuo dei maschi all'apparire di Nunzia sulla porta dell'aula, la severità ebbe la meglio e il bisbiglio cessò assai presto.

Certo non si poteva negare che di severità ce ne fosse tra quelle mura dipinte color giallino in alto, e nero opaco nella parte bassa, per sopportare meglio le pedate di quei ragazzi sempre puniti per qualunque sciocchezza. Ma era solo per gli anni di ginnasio. Poi al liceo li vedevi che erano cambiati, da come si pettinavano: con quei capelli mandati all'indietro, che indietro non ci volevano stare e ad alcuni rimanevano dritti in testa. Come Spanò, il figlio dell'avvocato, socio del cavalier Corpaci. E Corpaci e Spanò passavano per i più grandi ricattatori della città.

«Si pagava, e si dormiva tranquilli» avrebbe poi detto Antonino, il tipografo, a denti stretti «non si pagava e quelle dieci righe di piombo dovevo metterle in fretta, che poi il giornale ci usciva sotto gli occhi. E se non le trovava cominciava a gridare. Ma non erano cose importanti sapete?» diceva il tipografo ammiccando.

Antonino lo vedevo spesso, dopo le sette, al Tripoli, che a pochi mesi dal mio arrivo si era rinnovato. Aveva sei tavolini, adesso, e nuovi nuovi. Quello che prima tenevano fuori, sotto il lamierino del Martini & Rossi, ora stava dentro, vicino al bancone. E proprio lì, in disparte, sedeva sempre il tipografo: con la manica della camicia ripiegata e chiusa con uno spillone da balia alla spalla del braccio mancante. Come facesse a stampare un giornale in quelle condizioni non l'ho mai capito. Lui ordinava un vermut, stava una mezz'ora, poi tornava al lavoro. E in questa mezz'ora scambiava soltanto poche parole.

Di me aveva imparato a fidarsi. Forse per quella storia della Bibbia, che lo aveva contrariato, ma lo lasciava ammirato. Quasi nessuno mette annunci su quel giornale, soltanto io lo feci, ma non avevo scelta.

Soffiate sul mio giardino.
Esalino i suoi profumi.

Stampato così, come fosse un'epigrafe, due versi del *Cantico dei Cantici* che servivano a mandare un segnale. Lei non avrebbe certo letto un fogliaccio come quello. Ma qualcuno glielo avrebbe portato, oppure no: se ne sarebbe parlato. Avrebbe saputo di questo misterioso signore che si presentò per l'annuncio nel colonnino in fondo.

«Ma che dici, misterioso?» mi disse poi Francesca «Tutti sapevano chi eri, e sapevano persino che io ti conoscevo: sono i romanzi della tua mente, questi».

Non era difficile capire a quale giardino si riferissero quei versi. Era il loro: un giardino voluto da quella madre che amava svegliarsi con profumi che nessuno lì doveva aver mai sentito. E il giardiniere se lo portò da Heidelberg, fin qui giù, in questa anticamera dell'Africa. Si chiamava Hans Christian Neumark. E insegnò tutto a Totò, un lontano cugino del professore.

«Professore, è davvero grande. Sa quanti alberi e fiori e siepi stanno in tutto questo spazio?» ripeteva Totò, che aveva imparato ogni nome latino delle sue creature. Lui non viveva dentro il palazzo, ma di fronte. Non poter vedere quel giardino la notte, non potere starci sempre, era un modo per risarcire la famiglia di quel suo potere: Totò sapeva di essere l'unico ad avere le chiavi di accesso a quel paradiso, l'unico in grado di tenerlo in vita, ad avere diritto di vita o di morte su ogni cosa. Allora c'era un momento che quella creatura andava lasciata ad altri: e al giungere della sera Totò finiva per ritirarsi in un appartamento su un cortile, senza un fiore.

Ogni albero, ogni pianta aveva un suo posto e un suo equilibrio in quel giardino. Questo però non potevo saperlo quando mi presentai la prima volta al cancello di Francesca con un mazzo di fiori per le mani. Non so dire se fu il suono prolungato del campanello, o invece se furono quei miei fiori che finivano per turbare geometrie decise da tempo; certo lo sguardo di Totò, che scambiai per un portinaio, non era dei più amichevoli, per quanto fosse bene informato del mio arrivo, e mi aspettasse. Totò mi guardava contrariato, eppure nessuno di noi due immaginava che in questo eravamo assai simili, convinti che un ordine dovesse nascondersi in ogni cosa, e che il nostro compito fosse di farlo venire alla luce.

«Un professore ragiona sempre da professore» mi disse tempo dopo Totò, con un tono competente. Sentendosi in qualche modo professore anche lui. Ma accadeva di rado che si fermasse a parlare, e quando lo faceva non stava mai nel giardino, sempre fuori, oltre il cancello. Soltanto lì riusciva a sentirsi libero da quel libro fiorito che coltivava con devozione. Con il tempo, avrei trovato una dissonanza, piacevole senza dubbio, tra il «disordine morale» (così, in questi termini, si espresse quel don Gaetano che per molti anni fu il parroco di Santa Lucia) di chi abitava nel palazzo e l'equilibrio, ordito con maestria, di quel mondo fatto di colori e di profumi, e disegnato con mille attenzioni.

Ma era disordine morale? Oppure anatemi, detti *in camera caritatis*, di vecchi preti buoni per dare regole ai fedeli, ma senza osare troppo, specie se le famiglie contano qualche cosa. Non si scherza con la Bibbia diceva il tipografo. Ma il *Cantico* era una parte della Bibbia che nessuno ha mai capito. Una metafora dell'amore per Dio, nonostante tutta quella carnalità e quegli odori: fatta di unguenti, di vino forte, di tronchi del Libano.

Cosa poteva mai sapere il tipografo dei tronchi del Libano? E di quei miei anni di collegio, dai preti, su per la strada che va ad Acitrezza. Anni di libri non consentiti, dove ci si aggrappava a quello che c'era. Cominciando dal *Cantico*, declamato in latino da padre Bernardo come fosse una preghiera. Che poi non so dire il perché quella mattina decisi che sarei entrato in classe e avrei fatto lezione con il testo del *Cantico*. Ma provavo il desiderio di leggere cosa sarebbe accaduto negli occhi della mia unica alunna costretta ad ascoltare quei versi. E a convincermi fu anche il desiderio di entrare in un gioco ambiguo da cui credevo di potermi sottrarre quando lo avessi voluto.

2

Un giorno Francesca mi ha raccontato di aver passeggiato per le spiagge della Normandia dove la marea del mattino mostra lo spettacolo di un esercito allo sbando. Ha detto proprio così: un esercito allo sbando. Ostriche e vecchi pescatori che ti offrono limoni, che lì sono così grandi che paiono cedri. E lo spettacolo delle onde che si ritiravano pareva scritto da Senofonte.

Anche a me la vita pareva altrove, in Germania, a Tubinga, dove fui mandato quasi a forza da una famiglia paterna ricca e ambiziosa. E quasi da subito avrei voluto tornare. Anche se lì pareva tutto perfetto, bello, con un ordine che imperava dappertutto. Da queste parti invece ogni giorno cambia qualcosa; come se il tempo fosse scandito dai piani delle case in costruzione che avvolgono la città vecchia quasi a volerla soffocare, cancellando tutto.

Sono tornato da Tubinga, dove la collina cominciava a popolarsi di villette, rinunziando a una carriera che mi doveva portare alla cattedra a Palermo, o addirittura a Napoli, dove insegnò mio nonno. Non volevo rimanere in Germania e scrissi una lettera a mio zio a Trieste, per avvertirlo che andavo a Milano. Mio zio Luigi non ha neppure risposto, irritato certo dai miei continui rifiuti: anche quello di recarmi a Vienna, dopo Tubinga, dove avrei potuto insegnare la filologia romanza. Per quanto poi, non era neppure sicuro che fosse pronta per me una bella cattedra, di quelle che danno fama imperitura.

A casa mia sapevano che prima o poi tutto sarebbe finito, gettato via: studi e ambizioni. Sapevano che ero così: indolente, incapace di posarmi su qualunque cosa che potesse dare la sensazione della solidità. Se non fosse stato che mia sorella Ninetta era femmina, e questo contava qualche cosa, lei sì che avrebbe mostrato un piglio che io non ho mai avuto. Ma Ninetta studiava a casa, si è sposata giovane, con un ingegnere di fuori, e adesso torna meno. Mio padre lo diceva che lei in cattedra avrebbe fatto rigare dritto anche gli uomini più decisi. Me ne ero già accorto, e da molto più tempo. E non perché sapesse il greco meglio di quanto lo conoscessi io stesso, ma perché avevo visto impazzire un mio compagno di studi per lei. Che una volta gli venne la febbre così alta da dover chiamare il dottore di corsa; e poi diceva che era una febbre nervosa.

Tonino aveva sedici anni, uno più di me, e aveva ripetuto la quarta ginnasio. Dopo venni a sapere che quella febbre gli era venuta perché mia sorella non lo voleva più vedere. E il suo corpo era come una corda tesa tagliata di netto dalla lama di un coltello. I loro incontri duravano ore, e Tonino poi, stravolto dalla febbre, gridava il suo nome di continuo, e aggiungeva frasi confuse, dettagli di cui nessuno sapeva bene. Ma da come sua madre ci guardò, a me e a Ninetta, tempo dopo, capii che quelle parole di Tonino non dovevano essere così oscure.

In città Ninetta incuteva rispetto e timore: quanto alle dicerie, però, nessuno avrebbe mai neppure pensato di metterci un freno. Si diceva che mia madre e mio padre fingessero di non sapere; ma che di certe cose erano bene informati. Quando poi Nina partì, sposata a diciassette anni con un uomo di trentaquattro, tutti dimenticarono. E pareva che lei avesse assorbito tutti i pettegolezzi della città sulla mia famiglia. D'altronde con gli anni c'era sempre meno da dire. Io andai in collegio, poi all'università. Mio padre, che non aveva mai lavorato, smise anche di frequentare il suo circolo rinunciando volentieri alla partita a carte, e tuffandosi nella scrittura di un saggio di cui nessuno era mai riuscito a sapere qualcosa. In quanto a mia madre: la sua vita perse anche il gusto delle frequentazioni mondane. Soltanto quando tornava Ninetta la casa pareva rianimarsi, e arrivavano i parenti a trovare la figlia più piccola, e certo la prediletta: con le tre nipoti femmine, e mio cognato Alfredo rigido come i ponti che costruiva per tutta Italia.

Fu anche per questo che tornando da Tubinga mi fermai a Milano. La Germania mi parve d'un tratto grigia. Quando scrissi a mio zio, a Trieste, che non potevo più stare a Tubinga, sapevo assai bene che la mia era una menzogna, e quella rinunzia non aveva prezzo. Solo Ninetta lo capì, come sempre. Ninetta aveva trent'anni, ma non era cambiata: lessi in lei una forte eccitazione nel vedermi in disarmo davanti a un sentimento che doveva conoscere bene. Per quanto poi, Alfredo non era il tipo d'uomo che avrebbe fatto perdere il senno a una donna. Silenzioso, e troppo invecchiato: se si pensa che non aveva ancora cinquant'anni. Negli ultimi tempi era sempre più assente, in qualche cantiere lontano. Ninetta e le bambine non lo seguivano, e arrivavano a casa di mamma per rimanerci anche un mese o due. E Alfredo chiamava ogni sera alle nove, come un appuntamento fisso. Dovessi dire, Alfredo era noioso, come lo squillo del nostro telefono nero.

Ormai quelle serate mi parevano lontane. Anche se dopo il mio ritorno in Sicilia sarei potuto tornare agevolmente a casa ogni volta che lo avessi desiderato, finivo poi per non farlo. Accadde così che fu Nina, e senza bambine, a venirmi a trovare a S. E qualche volta senza avvisarmi. Come volesse sorprendere la mia vita. Soltanto che S. non era una città grande, e Ninetta non passava inosservata.

Certo anche Francesca all'inizio non passava inosservata. Sfacciata e decisa come era. Ma poi arrivò Nunzia, che in pochissimo divenne un'altra cosa, e il suo cambiamento fu così visibile da farmi capire quanto sia stupefacente il passaggio dalla fanciullezza all'età adulta. E non soltanto nelle fattezze del corpo, nel disegnarsi delle curve. Ma nel modo di parlare, e soprattutto di muoversi e guardare gli altri.

Così l'attrazione per Francesca di giorno in giorno cominciava a stemperarsi. Ogni mattina che entravo in classe e guardavo sua sorella Nunzia capivo di essere entrato dentro un mondo che non aveva codici, e che mi avrebbe trascinato presto oltre il lecito.

Come poi arrivai a decidere di leggere il *Cantico dei Cantici* in quella classe, ma soprattutto a lei, a Nunzia, non saprei neppure raccontarlo. Portai il testo in classe e cominciai a leggere, lentamente:

distilla dolcezza il fico nei suoi frutti.

Cercando di capire quanto il rossore delle sue guance fosse desiderio o vergogna, o quel che più conta, entrambe le cose assieme. Riguardo agli altri alunni: non facevano altro che soffrire di quel latino a loro incomprensibile, e non aspettavano nient'altro che l'ora buona per uscire, con in tasca il tabacco e le cartine o qualche pacchetto di Turmac, se andava bene. La loro compagna di scuola era ormai entrata in un mondo in cui loro non avevano il permesso neppure di guardare. Così rimanevano in disparte, fino a distrarsi completamente. Quanto fosse chiaro a loro il prodigio che stava avvenendo posso dirlo con sicurezza: all'inizio non capivano nulla. Forse perché Nunzia aveva più anni di loro, due di più: anni perduti in trasferimenti, e in lutti che l'avevano allontanata da scuola. E quei due anni scavavano una distanza per quell'età incolmabile.

Fino all'incontro con Francesca avrei giurato che la mia vita sarebbe stata in Germania, poi a Milano o magari a Napoli. Dopo Francesca mi sono visto mentre inseguivo le sue scelte. Perché se tornai a S. lo feci pensando soltanto a Francesca, non immaginando altro mondo al di fuori di quello che lei mi raccontava, e di quel giardino «che detesto. Ma giardini così in Sicilia non se ne trovano, perché in Sicilia i giardini dei palazzi si lasciano guardare, come le donne. Mentre mia madre il suo lo ha sempre nascosto a tutti».

Per molto tempo ho immaginato quel luogo, ma soprattutto le stanze che si affacciano sul giardino, come uno spazio dove tutto poteva accadere. Non sapevo che a volte il desiderio si fa doppio, e raddoppiando perde il suo centro. Temevo lo scandalo, quando di scandalo era ancora presto parlare, perché nulla era avvenuto. Anzi, sembrava che il mondo si ritraesse da me, come allontanato da una forza magnetica che anziché avvicinare portava via ogni cosa. Mentre Nunzia invece mi veniva incontro: pronta a entrare in scena. Quando poi lo fece, l'intera città si fermò, accecata da quella visione. Solo da quel momento in città cominciarono a studiarmi. Ero stato sedotto da una ragazzina abituata ai privilegi e agli agi, pronta a permettersi ciò che nessuna avrebbe mai potuto se non fosse stata al suo posto. Uno zio di Palermo era tutore del patrimonio delle sorelle, e una prozia anziana garantiva una presenza matura in quel palazzo, per quanto non fosse più in sé da tempo. Così il vero padrone di ogni cosa pareva quel cugino lontano, quel Totò che Francesca chiamava il "genius loci". «Lui vorrebbe dare un ordine alla nostra vita, attraverso le geometrie dei suoi fiori.»

A Totò non sfuggiva nulla. «La signorina Nunzia sapete, mi ricorda tanto la madre, ha lo stesso modo di parlare» diceva, come fosse un avvertimento. E Francesca: «Mia sorella Nunzia assomiglia a mia madre in tutto. Anche nel modo in cui tratta Totò. Come fosse un disgraziato condannato a curarle il giardino. Ma Totò è un cugino lontano, di terzo grado».

Allora doveva avere quarant'anni, ma sembravano meno. Era stato riformato senza un chiaro motivo. Ma non c'era da stupirsi, la guerra uno come lui finiva per non farla di certo. Con tutti quei cugini dottori e uno zio ammiraglio a Taranto. La passione per le piante l'aveva da sempre: dopo la guerra curava le campagne del padre. Poi la folgorazione: Donna Franca sceglie lui per affiancare Hans Christian Neumark e trasformare un cortile con qualche albero in qualcosa di meraviglioso. Cinque anni con Neumark, che pare non avesse mai scambiato una sola parola con nessuno al di fuori del palazzo, e quindi toccò a Totò, che riuscì a riscattare così un'esistenza modesta.

Le piante arrivavano per nave. In paese nessuno riusciva a capire come facessero a sopravvivere in quei viaggi che partivano dai Mari del Sud. E si diceva che ci fosse di mezzo un maleficio, che fra Donna Franca e quello che tutti chiamavano "il tedesco" c'era qualcosa che «non si capiva». E quando Antonino, il tipografo senza un braccio, diceva «non si capiva», esitava guardandosi un poco le spalle, caso mai arrivasse il cavaliere, che da parte sua i pettegolezzi sapeva utilizzarli, ma per Donna Franca aveva sempre avuto un debole, anche da morta.

E se eri fortunato, potevi sentire raccontare al cavaliere, al Tripoli, di una festa: «Era il 1934, c'era la migliore società cittadina, e loro erano sposati ancora da poco. Donna Franca e il professore, voglio dire». Ma anche se a ogni suo racconto dell'episodio l'orchestra suonava un motivo diverso, lo sguardo che Donna Franca gli aveva rivolto mentre ballava con suo marito era sempre lo stesso.

Chi poteva smentirlo? In città pochi si ricordavano di quel giorno. E poi non era vero che le feste erano tutte a Catania o a Palermo? Ma che il cavaliere fosse uomo dalla grande fantasia si sapeva. E a tutti quelli che capitavano nella sua casa – comprata da poco in un condominio dei quartieri nuovi – mostrava fiero un violino protetto da una teca che lui diceva essere uno Stradivari. E sosteneva di possedere, nella cassetta di sicurezza di una banca, un dipinto di Goya. Cose che avrebbero dovuto impressionare una società che invece lo ignorava: lui e il suo giornale di piccoli ricatti.

Ma in quel 1934, mentre Antonino, il suo tipografo, aveva perso ogni speranza di essere assunto come impiegato di primo livello alle Poste (per via di quel braccio), il cavaliere metteva l'abito scuro, e raccontava di quell'orchestra e di Donna Franca «che avevo già incontrato altre volte, si fermava sempre a quell'angolo, e guardava verso il caffè. A questo tavolo, che è sempre stato il mio tavolo. Ma poi incontrò il professore: e il professore era il professore. Con la terra che arrivava fino a Noto. E quell'aria di chi sapeva tutto...».

«Non si capiva bene» diceva il tipografo parlando di Donna Franca e del tedesco. «Gli altri non capivano bene, noi sapevamo» sorrideva Francesca «Neumark era un mago. Parlava poco. Nunzia, che era piccola, lo temeva. Anche Totò naturalmente. L'avessi visto come stava impalato, dritto, quando arrivava un albero che non conosceva: pareva un soldatino di piombo. Se faceva caldo sudava che non puoi sapere. Sudava ma rimaneva fermo sotto il sole. Io pensavo: adesso sviene, vedi che adesso sviene. Ma rimaneva lì fermo, e continuava a sudare».

E Neumark? «Non sembrava un uomo normale. Le notti diceva di passarle in biblioteca. A ordinare i suoi libri di botanica che poi ha lasciato qui. Ma la biblioteca sta proprio due stanze prima quella di mamma. Lei morì qualche giorno prima della sua partenza. Ma troppe cose erano cambiate e Neumark non era divertente. E io, che andavo e venivo dalla Francia, ogni volta lo trovavo sempre più inquieto. E il giardino, debbo ammetterlo, sempre più bello.»

Francesca parlava e nascondeva il viso come volesse proteggersi dalle finestre del palazzo, quelle che davano all'esterno, sulla via che girava subito. Le finestre esterne parevano una minaccia. Rimaneva distante, come soffrisse di vertigini. Nunzia invece era capace di stare ore alle finestre esterne, ma era timida nell'affacciarsi da quelle del giardino, quasi temesse ancora i disegni, le geometrie disegnate da Neumark, e il labirinto di siepi che poi venne distrutto.

Nunzia quel giardino lo temeva e lo amava al tempo stesso. Ma non amava Totò, il custode dei segreti. Lui che sapeva, e cercava in tutti i modi di salvare i disegni che aveva visto mettere a punto dal suo maestro. Perché dopo la partenza di Neumark il giardino non era più lo stesso, declinava in freschezza e in bellezza, come le età della vita. Aveva perso quella perfezione che lasciava ammirati. Ma come le età della vita, il giardino era diventato con gli anni più affascinante nella sua imperfezione: come Francesca; ancora bella ma con qualcosa che le aveva cambiato l'espressione degli occhi, quasi il futuro potesse capovolgerle l'esistenza.

Francesca era bella, ma in un modo diverso da Nunzia, che pareva sottrarre al mondo ogni sfrontatezza, per portarla con sé, come una dote. Che Francesca lo sapesse non c'era dubbio. Che ne soffrisse credo ancora di poterlo affermare. Non so dire quando compresi che Nunzia non era più una sorella minore, soprattutto per me. Forse fu soltanto un attimo prima che lo capissi io, ma da quel momento i nostri rapporti cambiarono.

In quei mesi rileggevo il *Cantico* e capivo quanto fosse sorprendente che quei versi fossero finiti nella Bibbia. Non sapevo in che modo, ma avrei giurato che Nunzia dovesse conoscerlo assai bene, e prima ancora che lo leggessi io: per come mi studiava, e per quel suo sguardo che mi teneva sospeso. Ma se Francesca era una donna con lo sguardo rivolto al passato e un continuo desiderio di trasgredire a ogni codice, di chi apparteneva a un mondo che rivendicava una libertà data dalla sua classe sociale; per Nunzia non c'era questo, c'era qualcosa di più arcaico.

Per lei non bastava mettere tutti di fronte ai suoi privilegi di classe, primo fra tutti quello di poter dare scandalo: c'era molto di più, c'era *il desiderio spietato come il sepolcro*, e c'era uno sguardo che non si poteva sostenere per molto. I suoi compagni finirono presto per ignorarla, come un oggetto del desiderio troppo lontano. Anche per questo ebbi l'illusione di poter vivere la mia passione come un segreto.

3

Era alla prima lezione, all'appello. Ebbi un lieve scricchiolio della voce, che nessuno colse. Nessuno. Soltanto Francesca l'avrebbe notato, se ci fosse stata. Ebbi uno scricchiolio, ed ero sicuro che nessuno in classe lo avesse colto. A parte Nunzia, che invece mi guardò in un modo strano, quasi capisse il mio imbarazzo.

In città si diceva che ero stato allievo del suo "povero padre", in Germania. Ma non è esatto, studiai a Napoli; e poi filologia e non filosofia. Si diceva, lo avrei saputo dopo, che la madre di Francesca non volle che la sposassi. Mentre il professore sì, lui era d'accordo. Ero ricco, certo, ma non abbastanza, e così mi fu impedito di vederla, almeno fino a che Donna Franca era in vita. Ma neppure questo era vero, nessuno di noi due aveva mai pensato al matrimonio. E il professore non ebbe certo il tempo per occuparsi della nostra relazione. Va detto che l'atteggiamento verso quella famiglia era di continuo stupore, per ogni cosa; a cominciare dal fatto che il professore dopo il 1934 avesse smesso di insegnare. Per quanto gli studi di filologia si adattino bene al chiuso di una stanza.

Per non dire della Germania, lasciare la Sicilia dopo la guerra per quel posto di cui nessuno pronunciava bene il nome, che suonava come il metallo: Tubinga. Con le terre lasciate a quel Cinquefrondi, che sapevano tutti quanto ci guadagnava. La figlia grande se era cambiata, doveva essere successo là in quel posto, dove lavorano anche le donne, e insegnano all'università. E pensare che Francesca la voleva il principe di Francavilla, che aveva pure la differenza di età giusta per lei: diciotto anni di più l'avrebbero rimessa in carreggiata. Anche se poi sul principe di Francavilla si parlava fin troppo: di quel giovanotto, Vincenzo, che gli faceva da segretario. E di quella volta che il contadino entrò per sbaglio nel magazzino, nell'ora in cui non doveva esserci.

«L'ho chiesto a Vincenzino se era vero. Te lo giuro. Sapessi come mi ha guardato. Pareva avesse visto il diavolo che usciva da sotto il tavolo. Si è alzato così di scatto che la sedia è volata via, e con la sedia le carte e il lume. Gli ho detto: "Vincenzino che ti succede? Dicono che me lo devo sposare? Allora spiegami se gli piacciono le donne oppure gli uomini, così lo so da prima".»

Francesca faceva domande a tutti. Il principe era interessato a donne, uomini, grandi vini, cocaina. Soprattutto la cocaina, con il passare degli anni era l'unica cosa che lo eccitava. Così a cinquant'anni appena, pareva un vecchio di settanta. E la storia di quel matrimonio su cui tutti avevano una teoria finì nel libro dei sogni.

Come quella di Neumark e della palma azzurra,

che fu portata con una nave che era già grandissima, e che arrivò in porto il giorno del solstizio d'estate. Si diceva che la nave arrivasse da Guadalupe, e che trasportasse soltanto quell'esemplare di *Erythea Armata*. E tre uomini presero la febbre gialla e il comandante li lasciò su un'isola perché non fossero colpiti tutti gli altri.

Chissà se era vero. O era una leggenda. Ma a Francesca piaceva, mentre Nunzia scappava in un'altra stanza. Riguardo all'*Erythea*, quella portata da Guadalupe, era di una bellezza commovente. E stava distante dalle altre piante, che la potevi vedere da ogni finestra, e non ci potevi credere che era arrivata in circostanze così drammatiche.

Ma poi? Era anche vero che a molte storie non c'era da crederci fino in fondo, che erano delle mitologie. Come quelle del cavalier Attilio Corpaci, che viveva in un mondo che prendeva anima dalla realtà soltanto in parte. E per il resto erano raccordi, aggiustamenti della fantasia. Anche lo sguardo che Donna Franca gli aveva lanciato era un piccolo aggiustamento, anche gli articoli di quel suo giornale, che tutti leggevano di nascosto. E dunque vendeva poco, ma se ne parlava molto.

La storia di quando arrivò l'*Erythea Armata* era un'altra di queste: in città dicevano fosse di venticinque metri quando arrivò su un veliero che pareva un transatlantico, e che era notte quando approdò, e tardava da sei giorni. E per quei sei giorni – tutti e sei – ci fu grande agitazione, e nessuno uscì dal palazzo. Si diceva provenisse dal Perù, e che a stropicciarne le foglie uscivano profumi meravigliosi (e fu per questo che si volle un albero così, di cui ora ricordo anche il nome: il "Falso pepe", perché in autunno nascono dei frutti rosati che paiono quelli del pepe).

«Lo sapete che ci tenevano un leopardo nel giardino?» diceva un vecchietto al Tripoli. Ma si capiva che questo non era stato vero per niente. Però contava poco. Le fantasie guarivano le ferite che aveva lasciato il tempo. I leopardi in giardino non c'erano, ma quelle ragazze stavano diventando degli animali da studiare, esaminare, persino catturare. Per quanto poi, la cattura non era neppure pensabile, e l'ammirazione per le ragazze si limitava a un lavoro di studio e descrizione delle loro bellezze. Loro, Francesca e Nunzia, sapevano di essere guardate, seppur con il rispetto dovuto, centimetro per centimetro, ogni qualvolta avevano occasione di passare per la strada del Tripoli (anche se il caffè Vittorio, quello sul corso, era assai di moda e molto ben frequentato). In quanto a me, non lo capivo ancora ma stavo entrando nel grande "atlante" che la città aveva messo a punto. Per quanto fossi forestiero, in breve di me e di tutta la storia non c'era dettaglio che non sapessero. Persino dove stava Nunzia di banco erano informati. Il primo, di fronte a me, a destra accanto alla finestra, che quando poi venne marzo e la luce si faceva più forte le illuminava di lato il viso e i vestiti si facevano trasparenti e pareva cambiare tutto, fuori e dentro di me.

Se poi volessi ricordare meglio, posso dire che i

mesi dovevano essere quelli. Non proprio aprile, che arrivava quasi al termine dell'anno scolastico, ma alla fine di febbraio, quando cambia il profumo dell'aria, e ci sono mattine che sembra già estate.

Quando cominciai a leggere il *Cantico* ormai non c'era più nulla che mi potesse fermare.

Eppure Francesca non era scomparsa dalla mia vita. In quel periodo le sognavo spesso, entrambe, come fossero una donna sola, e mi risvegliavo turbato da questo sogno. Un sogno che con il tempo ha cominciato a ripetersi con delle varianti, dove entrava tutta la città, e anche mio padre, mia sorella. Ma Nunzia e Francesca rimanevano sempre una persona sola: il volto era quello di un donna che non conoscevo ma il corpo invece quello di Nunzia. Nel sogno mi appariva una donna scura, bruciata dal sole, coi capelli nerissimi e gli zigomi pronunciati.

«Tu sogni la donna del *Cantico*, lei è bruciata dal sole, lei ha gli zigomi pronunciati» diceva Francesca divertita. «Vedi quel melograno, sai perché sta lì e sai da dove arriva?»

Il melograno era protetto da una aiuola bassa che lo cingeva come un anello. «Quello non è un melograno come tutti gli altri. Quello è un'altra cosa» mi diceva Francesca. «È l'ultimo albero arrivato in giardino, il giorno del funerale di mia madre. Attorno c'era un labirinto di siepi, poi fu tolto. Ma pensa che il melograno doveva essere la prima di tutte le piante che Neumark aveva previsto. E doveva arrivare dall'Asia Minore, non dalla Sicilia, dove i melograni certo non mancano. Così per questo capriccio finì che mia madre non lo vide mai. Ora è diventato l'albero di Nunzia, per lei il giardino inizia e finisce al centro di quella aiuola, sotto il suo albero.»

Ma Totò mi raccontò anche un'altra storia. Che molti anni prima in quel posto c'era proprio un melograno: fu incenerito da un fulmine, in una notte di tempesta, che Donna Franca era bambina. E fu per questo che lei ne volle un altro da Neumark. Poi quel vecchio giardino fu ampliato, dopo che venne comprato il terreno di una villa confinante distrutta dalle bombe alleate. Il professore non fece neppure in tempo a vedere quell'ampliamento. In fondo non avrebbe avuto molta voce in capitolo. Quel palazzo apparteneva alla famiglia della moglie, con tutta la sua fatiscenza. Finestre che non chiudevano più come un tempo, stoffe consumate da un agio che non si sarebbe mai trasformato in lusso. Tutto il contrario della mia famiglia, che del lusso aveva sempre tenuto conto. E il mio bisnonno, con tutte le terre che aveva, entrò nelle assicurazioni, che erano un affare. Un lavoro che poi mio nonno non volle mai fare lasciando queste cose a mio zio Giacomo. E facendosi liquidare di quel tanto che sarebbe bastato a tutti noi.

«Mi dicono che vostro figlio insegna nei ginnasi» dicevano a mio padre, quelle rare volte che andava al circolo. E lo facevano con stupore. Passi la carriera accademica, magari in Germania. Ma perché dovevo umiliare la mia intelligenza, per poche lire e in una piccola cittadina. Almeno fosse stata Catania, o anche Palermo. Ma lì, a S., cosa ci faceva uno come me, con quegli stipendi poi. E mio padre non sapeva di che rispondere, o almeno, così mi riferiva: «Ieri me lo ha chiesto pure Alajmo, l'oculista. Te lo ricordi? Mi ha detto: "ma vostro figlio, professore, non ci sta più in Germania?"».

Cosa gli avessero detto davvero, mio padre non era certo tipo da riferirlo. A me soprattutto. Ma che le mie debolezze fossero arrivate fino all'oculista Alajmo («come non te lo ricordi, il primario, quello con la voce grossa, che giocava sempre a biliardo con lo zio»), mi stupiva e impensieriva. Che cosa stava accadendo della mia vita?

Forse niente, come sosteneva Ninetta. Pronta a intuire quello che a me pareva lontano e incomprensibile: «Diranno che sei uno che corre dietro le femmine, e passi; ma diranno soprattutto che non hai spina dorsale. Stai tranquillo, nostro padre non lo pensa. Anche perché la sua professione di medico l'ha tenuta tutta la vita nel cassetto: mamma non voleva che lavorasse, convinta che ai signori non si poteva chiedere di guadagnarsi da vivere».

Mia madre era così. Quando incontrò mio padre aveva vent'anni. Mio padre si era specializzato a Messina, con Guaita, il grande ginecologo, che se lo voleva portare a Torino. Diceva che mio padre era più di un chirurgo, era un artista. Ma nessuno in casa lo capiva; tutti letterati o uomini d'affari. E la medicina stava diventando un mestiere da gente senza scrupoli. Cosa si sarebbe detto di mio padre Enrico? Che tagliava pance e aiutava le ostetriche.

«La sua disgrazia è che papà l'ostetrica se l'è poi sposata» diceva Ninetta con un tono rassegnato. Anche se mamma smise subito di fare l'ostetrica, dopo un matrimonio osteggiato da tutti. E fu lei che decise: papà avrebbe tratto maggior beneficio nell'occuparsi di filosofia, altra sua grande passione, anziché di semplici puerpere. È finita così: con mio padre che iniziò un suo libro trent'anni fa e non l'ha ancora finito ora.

Ma Ninetta non poteva che rammaricarsi di avere avuto un padre succube di una donna che non si era mai perdonata di figurare come l'unica figlia di due modesti maestri elementari, e per tutta la vita cercò di dimenticarlo. Però Ninetta vedeva giusto, quando ripeteva che i miei guai peggiori arrivavano da nostro padre. Da quel nostro modo di lasciarsi vivere. Secondo lei avrei continuato per anni a prendere decisioni casuali. Come quella di stare qui, a insegnare in una scuola dove nessuno potrà imparare niente, quando avevo davanti a me la cattedra di romanistica a Tubinga.

«Sai cosa diceva mio padre di te?» mi rivelò un giorno Francesca «"Quel ragazzo non è come gli altri". Non erano cose che diceva facilmente».

Fui stupito da questo giudizio, che aveva risvegliato vecchie ambizioni. Ormai però non si poteva tornare indietro, Nunzia era cambiata, tutto in lei era cambiato, e assistevo sconvolto a questo evento.

Come un melograno tra gli alberi selvatici,
così è il mio diletto tra gli amanti.

Sospirai di sedermi alla sua ombra,
per dividere con lui il mio letto.
Nelle celle del vino mi ha introdotta,
all'insegna palese dell'amore...
Oh! appoggiatemi ai fiori! sostenetemi
con bevande di mele
perché io languo d'amore.

Quella mattina, in classe, leggevo il *Cantico* facendo attenzione al ritmo, alla metrica, agli accenti. I miei alunni scrivevano, silenziosi, indifferenti a quanto stavo dicendo. Tutti i ragazzi mostravano questa cecità dei sensi, tranne Nunzia, naturalmente: l'unica che non faceva domande, e l'unica che non scriveva nulla sul quaderno. Neppure quando dettavo. Ogni tanto prendeva la matita, ma soltanto per portarla alle labbra. Non usava mai il pennino, solo la matita, ed era una cosa che mi colpì da subito, quasi non volesse lasciare mai nulla di definitivo, di indelebile, ma tenesse anche la scrittura sospesa nel vuoto.

La scena era curiosa: tutti quei ragazzi chini sulle pagine, e lei sempre più ostinata nel guardarmi, come volesse sfidarmi.

ché il tuo amore mi morde più del vino

Nelle notti che seguirono a quel giorno, sognai di essere su una spiaggia deserta, di quelle spiagge della Normandia di cui mi parlava Francesca, e di dormire, e nel mio sogno il mare era calmo, con le onde che mi sfioravano. Sognavo di essere bagnato dal mare su una spiaggia bianca, e di rimanere stordito.

gusterò il tuo amore più del vino.

Anche i ragazzi ora cominciavano a guardarsi tra loro, con rapide occhiate. Poi guardavano Nunzia, che li ignorava, e non sapevano se quelle parole significavano ciò che pareva.

Si poteva pensare al peccato in un testo sacro, tra le pagine della Bibbia?

Dovette essere per questo che qualcuno di loro – forse Bonsignore, che era il più devoto – andò a chiedere a don Agostino, che insegnava religione, come fosse possibile che nella Bibbia ci fossero tutte quelle cose. E don Agostino, timido, perché l'appartenere alla chiesa non bastava a dargli l'autorità di parlarmi da pari a pari:

«Professore, ma è il *Cantico* che leggete ai ragazzi?»

«Fa parte dell'Antico Testamento, certo.»

«Ma in classe avete anche la giovane...» disse guardandomi appena di sottecchi.

«Motivo in più, voi mi insegnate...»

«Oh per la carità divina, io non vi posso insegnare proprio niente. Io sono un modesto pastore di anime.»

«Voi mi insegnate che il *Cantico* è prima di tutto la preparazione al matrimonio di una giovane donna.»

«Che però rappresenta la Chiesa che si unisce a Dio» rispose don Agostino prontissimo a scacciare ogni equivoco. Poi continuando, come tra sé e sé: «Ma poi sarà l'età giusta per loro? Il momento più adatto?»

«Il *Cantico* è un buon esercizio. Anche per la poesia, voi mi capirete...»

Sono bruna ma bella,
o figliuole di Gerusalemme,
come le tende beduine, o come
gli scuri padiglioni dei Salméi.
Non badate se sono così bruna:
è una tinta che mi ha dato il sole.

«Nigra sum sed formosa», recita il *Cantico*, e così si presenta la sposa, raccontando com'è fatta. Cosa dovrei dire di Nunzia? E di Francesca? Una l'opposta dell'altra. Nunzia è scura come le tende beduine. Scura di occhi e di capelli, ma con lo stesso viso di sua sorella. Eppure le due sorelle non venivano considerate belle in città, incuriosivano, ma erano «troppo secche». E poi troppo alte, più alte degli uomini che le guardavano passare appoggiati al muro. Merito del professore; nella sua famiglia erano tutti alti, anche più di un metro e ottanta. E pure il fratellastro, il gommista, era alto e assomigliava come una goccia d'acqua al suo vero padre.

Si può immaginare come doveva apparirmi quella classe, fatta di ragazzi figli di una borghesia nascente e ancora priva di gusto (le stoffe dei loro vestiti erano di cattiva qualità), e poi Nunzia seduta a destra, che pareva provenire da un altro mondo. E quando ero d'ultima ora, e suonava la campanella, lei rimaneva immobile, restìa a obbedire a qualsiasi cosa. Solo quando la classe si svuotava, metteva i libri nella borsa e prendeva l'uscita.

Che io frequentassi la sua casa contava molto. Nunzia mi aveva visto accanto a suo padre quando era ancora una bambina. Poi aveva sentito parlare di me da sua sorella. Talvolta ho approfittato di questo privilegio: come quel giorno che la sorpresi mentre scriveva il suo diario in classe. Minacciai di farle una nota sul registro. Per il resto della lezione Nunzia continuò a guardarmi, incuriosita da quel gesto fuori luogo. So che tornò a casa eccitata da quanto era accaduto. Soltanto che io non arrivai a chiederle di leggermi quanto stesse scrivendo, «e hai fatto bene a non farlo, perché sarebbe scoppiato uno scandalo. Con mia sorella non sai mai cosa esce da quella sua mente strana» disse Francesca.

Di fronte a Francesca e Nunzia la città mostrava una tolleranza che a tutte le altre ragazze era negata. Per loro due la decenza lasciava molte porte aperte; troppe vie di uscita. «Cosa volete, arrivano da un altro mondo» dicevano in molti. Pensando subito alle loro figlie, che al confronto parevano proprio delle sante.

4

Don Agostino era un prete alto come un gendarme che dava ragione a tutti e poi andava dal segretario dell'arcivescovo a dire che non era bene che fossi io a spiegare alcune pagine della Bibbia, e proprio quelle. Sentivo che qualcosa andava fatto, prima che arrivasse qualcuno a dirmi di essere più prudente.

«Un sognatore» aveva detto di me il cavaliere, una delle prime volte che aveva affrontato l'argomento, giocando a carte «Filosofi, sapete, voi i filosofi non li conoscete. Non fanno nulla, discutono, pensano, anche se con quella lì, non si può mai dire. Chi ha tirato il quattro di coppe?».

«Avete l'asso cavaliere» disse fiero un signore corto corto con un bottone nero sull'asola della giacca.

«E voi che ne sapete? Briscola a spade... No che poi» e continuando il discorso appoggiò le carte sul tavolo, come a volersi concentrare su quanto stava per rivelare «c'è la ragazza più giovane. Con quella zia, che non capisce niente, e quello che gli tiene il giardino che è innamorato dei fiori».

«Li chiamiamo fiori ora?» rispose con una risata

Rosario Lentini, un negozio di cucine moderno, con l'insegna al neon appena fuori il centro storico, "per servire i quartieri nuovi". Lentini non giocava mai, era avaro persino di quelle cinque lire a partita che si potevano perdere. Ma faceva smorfie su ogni giocata. E dire che aveva cominciato portando le bombole del gas.

«Ce l'hai la briscola?»
«Liscio.»
«Cavaliere, ma la zia non capisce? Oppure non vuole capire?»
«Intanto facciamoci una domanda. Che cosa, e dico che cosa, deve capire questa zia? Dicono che non esce mai dalla sua stanza. Va bene, ma perché?»
«Perché è impedita, cavaliere, lo sapete anche voi. La conoscete l'Assunta, quella che fa le punture. Ci va tutte le mattine, e dopo l'aiuta a sedersi sempre sulla poltrona. Chi ha giocato a bastoni?»
«Ecco il carico, ce l'avevo.»
«Con rispetto parlando, cavaliere, ma lì è tutto un casino. Figli illegittimi. Malattie dei nervi. Acri di terra venduti per comprare un solo albero, capite? Ma è poi vero che se ne andarono tutti in Germania? Qui dicono di no, che se ne andarono a Roma, a fare curare Donna Franca, che la Francesca era ancora piccola.»

Quante volte si erano fatti discorsi come questi al caffè. Certo non in mia presenza, che non «ero neanche buono per una partita a briscola», come diceva Antonino quando mi riferiva queste storie. «Sapete professore, di voi non sanno cosa pensare. Vorrebbero sapere, ma vi invidiano, perché per voi quel cancello si può aprire. Solo per voi.»

Solo per me, e lo sapevo. Dopo la morte dei genitori, Nunzia e Francesca si erano chiuse in un ostinato isolamento. Le uniche uscite di Nunzia fino a quel momento erano quelle che le facevano percorrere la via Umberto e il corso fino alla piazza della scuola. Riguardo a Francesca, qualche gita in automobile per la costa, e il sogno di ritornare a viaggiare. E quel palazzo di famiglia si andava trasformando in una prigione, in un monumento. Un gioiello barocco con una parte che risaliva al Trecento, e di cui è rimasta una bifora e un frammento di loggiato. Un capolavoro architettonico tanto bello quanto spoglio, specie nell'ala che affacciava sul vicolo.

Molti degli arredi ottocenteschi erano andati perduti. Soprattutto i quadri, «pittura tardo seicentesca» mi disse Francesca. «Pittura sacra. Fu una mia trisavola a vendere tutto, senza dirlo a nessuno. Era sconvolta per l'arrivo dei piemontesi che avevano invaso la Sicilia. Non è mai tornata in sé, e dopo aver lasciato le nicchie vuote della sua galleria di quadri, invitava i forestieri a visitare la sua collezione. Al posto dei dipinti c'erano soltanto spazi vuoti. E lei descriveva ogni quadro, a uno a uno, come ci fossero ancora tutti. Li ha come regalati, capisci: regalati, ci sono rimasti i più brutti, quelli voleva darli via per ultimi. Ma non fece in tempo. Il resto della famiglia che allora stava a Palermo tornò e la portò via, in una villa dove ha passato gli ultimi anni della sua vita a respirare il profumo degli aranci. Ma la galleria di famiglia è andata perduta.»

Dovevo pensare a quanto mi diceva il tipografo senza un braccio: «Il cavaliere, sa tante cose, e le racconta, ma a voi no, voi siete di fuori. E poi non siete come loro, siete strano». In realtà il cavaliere non sapeva molto, ricamava; come ricamavano tutti. Per questo che in Sicilia i letterati non sono mai mancati.

Cosa voleva da me, quella mattina, il professor Sarullo, quello di italiano, quando mi si avvicinò circospetto chiedendomi di seguirlo nella sala professori? Voleva avvertirmi, con cautela, che mi stavo muovendo troppo: che il preside aveva saputo di quei versi, che anche il parroco del Duomo non capiva perché tutto quell'interesse a insegnare un testo così controverso, che tra l'altro non era neppure di mia competenza. E poi se proprio il corpo docente doveva impegnarsi, era in un'altra direzione. «Pensi che quella ragazza non ha nessuno da mandare alle udienze: certo se il povero padre, il professore, fosse ancora tra noi le cose sarebbero diverse. A quell'età sapete, anche un testo sacro, letto malamente, può condurre al peccato, a pensieri perversi. E anche la povera madre soffriva di nervi.»

Il professore di italiano mi parlava e non smetteva di guardare l'ora, mostrando di continuo il quadrante del suo orologio da taschino, come volesse sminuire l'importanza del discorso, fingere una fretta che non aveva.

Che fosse il professor Sarullo a parlarmi in questo

modo faceva parte delle curiose sorprese che la vita ti riserva. Enzo Sarullo ebbe una disavventura alcuni anni prima. Fu per una relazione con una zingarella, di quindici anni, rimasta incinta. Venne anche denunciato, ma poi fu tutta una gara di solidarietà, e la cosa finì nel nulla.

Sarullo poteva parlarmi in quel modo perché si era sentito investito di un compito supremo dall'intera scuola, che a suo avviso avrebbe apprezzato fosse proprio lui a consigliarmi. Ma credo che l'intera scuola non apprezzò affatto. Io non andavo salvato da nessuno scandalo, ero come la sua zingarella, uno perduto, che non aveva neppure la possibilità di essere accolto al Tripoli con abbracci, e ordinazioni di vermut fatte ad alta voce. Come era accaduto invece proprio a lui, dopo che il dottor Tramontano decise per il non luogo a procedere «perché il fatto non costituisce reato». E su quel proscioglimento si sarebbe discusso a lungo, soprattutto sul "fatto", di cui nessuno capiva fino in fondo l'entità, ma soprattutto la gravità.

Anche perché il magistrato aveva stabilito che la zingarella teneva ventun anni, era maggiorenne, solo poco sviluppata. Ecco tutto. Fu il dottor Carmelo Scordìa a visitarla, e il referto parlava chiaro: «in mancanza di dati anagrafici certi, si può stabilire, viste le condizioni fisiche della suddetta, che l'età presupponibile non può essere in modo alcuno inferiore agli anni ventuno, e che la paziente a una visita accurata mostra chiari segni di rachitismo». Soltanto le donne, grandi assenti da tutti questi chiacchiericci pubblici, sapevano dettare i confini precisi delle gesta immorali del Sarullo. Così le signore della città finivano per chinare il capo al passaggio solitario di Sarullo lungo il corso, nonostante lui non dimenticasse mai di togliere il cappello.

Eppure quella strana agitazione, il guardar di continuo l'orologio da taschino, non era soltanto un modo di ostentare distacco, era qualcosa di simile a una eccitazione. Forse non aveva avuto il coraggio di pensarsi complice. Non osava arrivare a tanto, ma «se un signore come me» fosse caduto in quella trappola fino in fondo, allora di lui che cosa avrebbero più potuto dire? Anche perché la sua zingarella aveva lasciato la città che erano soltanto pochi mesi, e da queste parti non si può dire che abbiano memoria corta.

Ma si poteva parlare di complicità con un uomo come Sarullo? Se dovessi dire le cose come stanno, proprio no. La mia posizione era più grave: le zingarelle non dànno scandalo quanto una giovane appartenente a una delle famiglie più importanti della Sicilia orientale. E poi la mia era un'accertata minorenne, sedici anni a novembre, non uno di più. Come non bastasse, di lì a poco si sarebbe anche detto che andavo con le due sorelle assieme. Magari pure con quell'invertito di Totò. Ma Nunzia mi pareva ancora lontana, e riguardo a Totò, come diceva Francesca, pensava ancora a Neumark «che gli aveva insegnato proprio tutto. E non soltanto dei giardini. Pensare che Totò aveva pure una fidanzata, la Carmela, la figlia di un fattore, era pure bella. Dovette lasciarla perché Neumark non ammetteva niente. Era un uomo terribile, Neumark. Guarda, non capivi neppure quanto gli piacevano davvero gli uomini. Secondo me era lui che si piaceva. E cambiava gusti secondo il caso».

Che poi Totò, dopo che Neumark partì, lasciò che certe sue debolezze rimanessero sul fondo. Però non bastò a far sì che la sua vita tornasse come prima. Gli uomini lo evitavano. Le ragazze, anche quelle che si avviavano a una vita da zitella, consideravano rischioso parlare con uomo che «non era un uomo».

E dire che Totò prima di quella storia passava per essere di grande bellezza, e molte tra le ragazze della città che aspiravano a raggiungere una posizione sociale di qualche gradino più alta avrebbero accettato volentieri il suo corteggiamento. In fondo Totò era pur sempre un membro della famiglia, per quanto il grado di parentela portava lontano. Anche se in città qualcuno giurava che a conti fatti, alla morte della vecchia zia, una parte di eredità doveva toccare pure a lui. Sempre che poi quei parenti da Palermo non si fossero fatti vivi, rivendicando terre e patrimoni.

Insomma Totò non doveva disperare: se un giorno fosse entrato in possesso di qualche ricchezza molti ricordi della città sarebbero svaniti, e una moglie l'avrebbe trovata. «I tempi stanno cambiando, e anche il modo di pensare» diceva il mio tipografo «e tutto, sapete, viene troppo tollerato. E non si può sapere come andrà a finire».

Ma erano tolleranze da poco, non arrivavano alle

cose vere, al fondo delle coscienze. Si tolleravano le dicerie, ma non ciò che apparteneva all'indecenza e non si poteva neppure confessare a sé stessi. Era poi vera la storia di passione tra quel mite giardiniere e un tedesco arrivato in Sicilia come a cercare un esilio volontario?

In città non se ne parlava: il tedesco era un forestiero, e tanto bastava. E Totò fu sempre tenuto lontano dalle chiacchiere quanto più possibile. Neumark però era proprio il tipo d'uomo di cui avere paura. Dalla Germania non partì subito per la Sicilia, ma impiegò undici mesi per arrivarci, compiendo un vero e proprio giro del mondo. Andò in Guadalupe, in Brasile, in Cina, in Malesia, nell'Africa Equatoriale. Era negli accordi, sarebbe arrivato una settimana dopo il trasferimento della famiglia Pirandello in Sicilia, e partito per il mondo un anno prima.

Tutti gli alberi che sono nel giardino furono scelti da Neumark. Esistono lettere, resoconti, per altro assai precisi, che spiegano a che punto fosse, e il costo di quel lungo viaggio. Dalle lettere che arrivavano a Donna Franca si può ricostruire l'intera storia di quel giardino.

Per un errore sui tempi il primo albero arrivò per nave quattro mesi prima del trasferimento della famiglia Pirandello a S. Veniva dal Congo Belga, e tutti ricordano che la nave stette in porto due settimane e nessuno riuscì a capire cosa volessero quei signori che chiedevano del signor Neumark. La nave se ne tornò con il suo carico. Ma per il resto tutto funzionò a dovere, con il rigore necessario a un'operazione così delicata. Al punto che le navi erano diventate un modo per misurare il tempo. Una forma dell'attesa. Innanzi tutto per Rosario, il più vecchio dei pescatori del porto, che si diceva sapesse con esattezza quando sarebbero arrivati i velieri. E nel giorno dell'arrivo si sedeva su una panca del molo grande e masticava tabacco, fino all'imbrunire, immobile, senza parlare con nessuno. Finché dall'orizzonte appariva l'albero più alto, e si capiva che Rosario aveva atteso il giorno giusto. Persino Neumark si regolava con Rosario e quando Totò lo avvertiva che il pescatore si era seduto al molo grande, cambiava d'umore, e dava ordini secchi ed eccitati, per accogliere le piante che sarebbero arrivate.

Con l'ultima nave arrivò il melograno dal Libano, un viaggio breve, che sembrò il più lungo di tutti. La nave aveva un nome greco: *Daphne*. Fu a proposito di quel veliero che si parlò di quella donna che in molti videro scendere, e lo giurano ancora oggi. Dissero che l'equipaggio avesse a bordo una ragazza giovane: scura, bruciata dal sole, coi capelli neri e gli zigomi pronunciati. Pare che Neumark sia partito soltanto due giorni dopo l'arrivo della nave che portava il melograno.

Fu una partenza misteriosa e improvvisa, che non ha spiegazioni. Anche se quella più probabile si può ritrovare in una serie di pagamenti che Neumark faceva personalmente, e per conto di Donna Franca; pagamenti che testimoniavano quanto fossero lievitati i costi di quel paradiso arboreo. E che la ragazza fosse esistita, oltre che nell'immaginazione popolare anche per una sola notte in una pensione poco distante dalla stazione marittima, sembra fosse ben chiaro a tutti quelli che volevano credere soltanto alle leggende. Da parte sua Francesca non ha mai ammesso fossero poi risultati ammanchi o spese eccessive nei conti di famiglia.

Vai a sapere poi come andarono le cose. Fu proprio Francesca a chiedermi di descriverle quella donna che avevo sognato e a dirmi che Totò ne era spaventato «come avesse visto il demonio in persona». In realtà quelle navi che portavano semi, alberi, sembravano provenire da un tempo ormai scomparso. Come fossero partite da due secoli, approdando a una città che all'arrivo dei velieri perdeva quei pochi tratti di modernità che quel decennio gli aveva regalato. Anche i ragazzini, che avevano svaghi di ogni tipo, e la sera uscivano con i genitori per andare a vedere la televisione in quei due bar che la esponevano come fosse una scultura del Louvre, sembravano fermarsi appena Rosario annunciava all'intera città un altro arrivo di un "galeone".

L'attesa era così grande che un giorno arrivò una nave con un carico di quelli che fanno la storia. Un emigrante in America era ritornato in città dopo quarant'anni con una stiva di flipper, giochi a elettricità che nessuno da quelle parti aveva mai visto prima, e aveva in mente di aprire un locale dove i giovani potessero scoprire queste diavolerie americane fatte di lampadine colorate. Gli andò male: si aspettava un'accoglienza calorosa (il locale dove metterli stava proprio sul lungomare del Porto Piccolo, e tutti sapevano che i bigliardini sarebbero arrivati quel giorno) e la piccola folla sulla banchina lo avrebbe fatto supporre. Ma invece nessuno lo riconobbe, e soprattutto nessuno se ne curò. Anche perché in lontananza si vedeva arrivare una nave molto più importante, una di quelle del tedesco, che parevano uscire da un romanzo dell'Ottocento.

Persino Neumark aveva una faccia dell'Ottocento. Con quelle basette folte che gli arrivavano al mento, e d'inverno quei pastrani neri, lunghi fino ai piedi, a revers larghi che lasciavano intravedere i panciotti a righe. Tra l'altro la passione per i viaggi d'oltremare lo aveva trasformato, addolcendogli per quanto possibile lo sguardo, segnandogli il volto, per cui alla fine pareva un nostromo, un uomo nato in qualche colonia. Che poi poteva anche essere così: Neumark non era tipo da dire dove fosse nato veramente, e cos'avesse combinato nel passato. E per quanto in famiglia si sforzassero di ricordare, non riuscivano più a ricostruire dove lo si fosse incontrato per la prima volta, o che referenze avesse.

Neumark era una presenza che arrivava come dal nulla e scompariva nel nulla. Disse a Totò di aver messo da parte un bel gruzzolo in una banca dalle parti del Centro America, in quei luoghi che conosceva bene, e dove era andato prima di giungere in Sicilia. Disse che là c'era una donna ad aspettarlo. Ma non era uomo da grandi confidenze.

Da parte mia, per il periodo di Tubinga in cui ebbi modo di frequentare il professore, non accadde mai che si parlasse della Sicilia. Pareva perfettamente a suo agio nel nord Europa, molto più che a Roma o a Milano. Inoltre in città tutti sapevano che non amava affatto il palazzo della moglie.

Il professore assomigliava a Francesca, non soltanto fisicamente: i colori erano gli stessi, ma anche il carattere era quello. Pareva un uomo di una limpidezza assoluta di opinioni, fino a essere brusco e scomodo. E imprevedibile: un uomo forte che era riuscito a sopportare per anni tante disgrazie. L'ostracismo del mondo accademico. La scelta di non insegnare fino al secondo dopoguerra, chiudendosi come un recluso dentro il suo palazzo. Una moglie malata. Per questo dopo la sua morte improvvisa se ne tornarono tutti in Sicilia. Donna Franca si sentiva perduta, in una città straniera che pareva non proteggerla abbastanza. A S. sarebbe stato tutto diverso. «Anche se la Nunzia soffrì più di tutti,» diceva Maria Rosaria «lei era ancora bambina. E Francesca andava e veniva. E Donna Franca che diceva: "Francesca non sopporta i luoghi chiusi. Cominciando dal giardino"».

Nunzia invece al giardino era abituata: lo vedeva cambiare giorno per giorno, come fosse un cantiere in costruzione: fino a che arrivò il melograno.

Quando partì Neumark? Subito dopo? Tutti lo ricordano. In città il giardiniere tedesco non passeggiava spesso. Tranne quelle poche volte che andava al molo ad aspettare le navi. Certo Totò doveva ricordarlo meglio di tutti gli altri, ma chi glielo avrebbe mai chiesto?

«Tornai da un viaggio in Provenza e Neumark non c'era più» ripeteva Francesca. «La stanza era vuota di tutto, e pareva non fosse stata abitata mai da nessuno. Se non era per il segno che il baule aveva lasciato sul pavimento, proprio sotto la finestra, si sarebbe detto che non fosse mai vissuto in questa casa.» «Tutte fantasie» a sentire Maria Rosaria, che si lamentava di aver pulito quella stanza per due giorni, e che solo le piastrelle sotto la finestra non era riuscita a lucidare. Colpa del baule mangiato dalla salsedine.

«Fantasie da poco» avrebbe detto il cavaliere, se avesse immaginato di quali vere fantasie si sarebbe giovata l'intera città di lì a poco. Dopo che Nunzia era passata davanti a loro con tutto quel corpo e una fierezza che li aveva storditi: come se quella, per Nunzia, non fosse affatto l'ora della vergogna, ma come è scritto nel canto di Salomone: *il giorno delle sue nozze, il giorno della felicità.*

5

Se quel pomeriggio arrivai in anticipo da Francesca era perché speravo di vedere Nunzia. Quando il cancello si aprì feci di fretta quei pochi metri che mi separavano dal giardino piccolo, quello chiuso dalle tre ali del palazzo. Passai dall'altro lato ed entrai in una delle stanze grandi.

Dal fondo, davanti alla porta d'ingresso del salone vidi Nunzia. Nunzia ancora mi dava del "voi", lo aveva sempre fatto, sin da bambina, ma quando stavo a casa sua non mi chiamava "professore", usava il mio nome proprio. Quel pomeriggio, nonostante lo avessi sperato, fui sorpreso di vederla in fondo a quella grande stanza, vestita soltanto di un abito leggero. Nunzia mi guardò e subito non mi riconobbe, la luce la accecava, e io dovevo apparirle una sagoma scura.

«Francesca ancora dorme. Se volete ve la sveglio.»

Nelle sue parole c'era qualcosa che mi disturbava. Si era offerta di svegliare la sorella, ma aveva detto: «ve la sveglio». Sottolineando che Francesca era mia, e rimandandomi da lei. Cosa avrei dovuto fare? Forse dovevo tornare all'ora giusta e lasciare tutto com'era? Stavo per farlo, per chiedere scusa: mi ero sbagliato sull'ora dell'appuntamento. Ma cambiai idea:

«Francesca è in camera sua?» chiesi a Nunzia.

«Sì.»

«Volete avere la cortesia di accompagnarmi?»

Mi guardò, ferma, mandò indietro le spalle. Pareva che qualcuno le avesse raddrizzato la schiena con un colpo secco: i seni si fecero ancora più dritti, come se prima di rispondermi volesse mostrarmi se stessa. Ma tutto fu molto più rapido di quanto io riesca a ricordare.

«Vi accompagno» disse indecisa.

Era la prima volta che entravo in quella casa per vedere Nunzia e non Francesca. Ed era la prima volta che salivo al piano di sopra: dove c'era la stanza di Francesca, ma anche quella che appartenne per cinque anni a Neumark, e lo studiolo che fu del professore. Il corridoio correva accanto alle cime degli alberi del giardino. Poi faceva una svolta brusca, e passava dentro due stanze che si aprivano una sull'altra. Nunzia aveva un modo di camminare morbido, leggero, che non avevo mai notato prima. Più ci si avvicinava alla stanza dove Francesca dormiva, più il passo si faceva lento, esitante, come volesse fermarsi.

A cosa pensava Nunzia mentre mi portava in quella stanza? Cosa le impediva di fermarsi e lasciarmi continuare da solo? E cosa avrebbe fatto, arrivata di fronte alla porta? Avrebbe bussato? Sarebbe entrata prima lei? Ora da lì potevo vedere il giardino, dall'alto, e persino oltre il muro di cinta, che dava su una strada di case basse; e oltre le case, come a portata di mano, il mare. Vedevo quel capolavoro chiuso al mondo, e fuori, poco più in là, quel mare che Donna Franca non amava, da cui cercò di proteggersi attraverso quel dedalo di vie, e quelle piante che facevano da barriera. Non andò mai sul molo, neppure quando stava bene, a vedere i suoi alberi che arrivavano per nave.

«Vostra zia, vive in questa parte della casa?»

Nunzia fu come sorpresa da questa domanda. Si fermò indicandomi l'altra parte del palazzo, divisa dal giardino: «Mia zia sta di là, è un altro mondo».

Chissà se poi era vero che questa zia esisteva? O invece non fosse una presenza inventata, a garantire la rispettabilità in una casa abitata da due donne (perché guardandola, la Nunzia, capivi che non era più una bambina). Ma anche queste erano fantasie, che crescevano ancora meglio delle piante del giardino.

Quando mi ritrovai davanti alla porta di Francesca fui come deluso. Non volevo arrivare fino là. E invece Nunzia seppe scegliere il modo migliore: accompagnandomi, lasciandosi guardare e ritirandosi al momento giusto. «Potete entrare» disse voltandosi e accelerando il passo, come se il tempo avesse preso vigore all'improvviso.

Ma ora avevo davvero il coraggio di farlo? Non entrai. Presi ad aggirarmi per stanze deserte, e soprattutto spoglie. Passai un breve corridoio e mi ritrovai in una stanza che si apriva attraverso una porta più piccola. A stento vidi dove mi trovavo, le persiane lasciavano intravedere una luce a lamelle sottili, che illuminavano le pareti a intermittenza. C'erano dei libri, un grande tavolo al centro, una poltrona sfondata; i volumi erano chiusi dentro librerie massicce, protette da vetri. Ormai ero certo che in quella parte di casa nessuno entrava da anni. Cercai di aprire una porta ma faceva resistenza, forse era chiusa da un chiavistello. Adoperai più forza, e cedette di colpo: trovai una camera vuota e piccola; un lettino di ferro battuto e un tavolo di legno. In un angolo una porta apriva un ripostiglio che serviva da armadio.

Ma era la finestra ad attirare l'attenzione: piccola, inquadrava il centro del giardino, come fosse una miniatura. Prima di riconoscere il segno sul pavimento lasciato dal vecchio baule capii che mi trovavo nella stanza di Neumark. Solo un pensiero affrettato poteva farmi dire che Nunzia e Francesca non avevano nulla a che fare con questa casa, con questa atmosfera. Uscendo vidi una scala stretta, a scendere. La evitai, feci per tornare indietro ma sentii i passi di qualcuno che mi seguiva. Allora mi fermai, provando a nascondermi. I passi cessarono. Presi un altro corridoio, a caso; entrai in un salone: c'era un grande camino in marmo, e un quadro scuro; la penombra mi impediva di distinguere: sembrava una Sacra Famiglia. Per il resto il salone era vuoto.

Perché Neumark si fosse scelto uno sgabuzzino per viverci, quando un palazzo come quello offriva spazi grandissimi, era un interrogativo che al Tripoli si sarebbero posti volentieri. Ma quei passi tornarono; ripresi la strada che avevo fatto. Dovevo trovare lo scalone e scendere fino al giardino. Seguendo la luce più forte arrivai alle finestre che davano sul melograno. Capii che non potevo più perdermi, ma soprattutto che aveva ragione Totò, quando ripeteva che il capolavoro di Neumark andava guardato dall'alto. Fu allora che sentii arrivare alle mie spalle una voce fredda:

«Sei tu? Chi ti ha fatto salire?»

Il tono con cui pronunciava queste parole non era di stupore, ma di rimprovero.

«Tua sorella. L'ho chiesto io.»

Francesca mi guardò esitante. Aggiunsi subito: «Volevo entrare nella tua stanza, mi ha portato fino alla porta. Ma poi sono tornato indietro».

«E ora dov'è Nunzia?»

«Non lo so.»

Francesca non disse altro. Pareva una persona nuova: rigida, dura, scostante. Dov'era l'errore? Nell'aver voluto salire? Cominciavo ad avere una chiara sensazione di quanto stesse avvenendo. In quelle stanze vuote avevo l'impressione che, contro ogni evidenza e realtà, ci fosse un mondo abitato. E c'era un sentimento di contrasto, tra stanze che parevano cancellate dagli anni, e un soffio vivo che potevi sentire sulla schiena.

Nunzia mi aveva dimenticato tra quei corridoi e Francesca mi stava rimproverando di aver oltrepassato un limite. Ero arrivato nel luogo dove le maree si ritirano e – come diceva Francesca – *gli eserciti sono allo sbando*. Mi era stato mostrato un paesaggio fatto di stanze e oggetti, e poi luci che passano a stento le finestre, lampadine che non si accendono, fili che pendono dal soffitto.

E il giardino? Quella meraviglia perfetta? Bastava affacciarsi a una, una qualunque delle finestre, per vedere l'altra parte del mio spettacolo: là fuori quel mare immaginato smette di ritirarsi, torna a coprire tutto, sommerge l'idea che la vita sia fatta di continue derive.

«Qui è tutto lasciato andare. Da quando è morta mamma nessuno ha più toccato niente. Un tempo questo era il piano più bello» disse Francesca.

«Ho visto la biblioteca.»

«Nella stanza di Neumark sei entrato?» Francesca aveva ripreso un tono ironico a fatica, anche se non riusciva a nascondere una nota di fastidio.

«Ma non c'è niente» protestai.

«A parte lui.»

«Come?»

«Maria Rosaria dice di averlo visto passeggiare per questi corridoi. Poveretta... Una volta Nunzia portò a mia madre un libro della biblioteca, un libro di pirati. Di quelli di mio padre. Nunzia doveva avere dodici anni. Era illustrato, in una delle pagine c'era la scena di un arrembaggio. Sai di quei pirati con il coltello tra i denti, il moschetto, la sciabola. Ce n'era uno che pareva Neumark. Solo che aveva lo sguardo più cattivo. Mia madre sorrise, ma nessuno ebbe il coraggio di mostrarlo a Neumark. Per questo lo chiamavamo il pirata.»

Quel giorno la mia visita fu breve. Lasciai il palazzo sotto gli occhi vigili di Totò, che chiuse il cancello alle mie spalle seguendomi con lo sguardo finché non uscii dal portone. Cosa sarebbe cambiato da quel momento in poi? Francesca aveva perso qualcosa che Nunzia aveva guadagnato. E si può parlare di guadagni e di perdite? Tornai ancora alle parole di Francesca mentre scendevamo le scale: «E poi di soldi non ne arrivano più molti. Qui dicono che le terre non rendono, i prezzi si abbassano. Si potesse vendere, ma la zia non ne vuole sapere».

Non mi spiegavo perché mai avesse deciso di rimanere lì, con le sue cose. Certo, mi colpiva che fosse lei a scegliere di vivere in una parte della casa abbandonata e legata a un passato lontano. Ma non si fugge mai da niente: la strada di Francesca aveva preso una direzione diversa con il passare dei mesi. Aveva dimenticato la sua Francia, i suoi studi; cominciava a ricostruire ogni cosa, a cercare ciò che non sapeva. Aveva voluto leggere i registri di Neumark, quelli dove erano annotate tutte le piante che arrivavano, perché lì, diceva, c'era qualcosa che non capiva.

Ma ora che ero uscito da quel paesaggio, con impazienza, ora che potevo respirare senza affanno, libero da quella polvere, da quel mondo ammutolito dagli anni; sentendo il vociare dei pescatori, il salutarsi della gente per strada; ora che tutto era tornato come io lo conoscevo pensai a un sortilegio di Nunzia. Forse non ero mai stato in quelle stanze. Pensai che Nunzia avesse il potere di cambiare la realtà delle cose. Ma avevo bisogno di tempo perché quel teatro che mi si era aperto terminasse il suo spettacolo.

6

Non rimaneva che sedersi al Tripoli e aspettare che arrivasse il meglio. Tutti aspettavano questo: anche le signore. D'altronde per Nunzia e Francesca non c'era nessuna onorabilità da salvare, e questa era la cosa più importante. Le ragazze vivevano sole, non erano povere, e non si erano mai fatte notare né per la simpatia, né per la «volontà di mescolarsi a noi». In più non c'era neppure l'imbarazzo di essere costretti a salutare il professore, quando ancora scendeva per il corso, o Donna Franca. E con quello che facevano le figlie, sai la difficoltà. Così invece no: così bastava il liquorino per l'ora della partita a carte, e si cominciava a parlare.

La rete delle informazioni era perfetta, partiva da Maria Rosaria, ma anche da Lucia, la nipote, che il pomeriggio andava spesso a casa loro per aiutare con le conserve, o a lavare la verdura; anche per stirare e rammendare, che Maria Rosaria non ci vedeva più come una volta. Maria Rosaria parlava; parlava a casa s'intende, con suo marito Salvatore che era il contadino di Pippo Parlato: quel signore alto, con cui il cavaliere non voleva mai giocare a briscola perché, diceva, «non sapeva fare i segni». Per la verità Pippo era pieno di tic, e quando giocava nessuno ci capiva niente. Finiva che stava seduto lì accanto e guardava gli altri. Era così che cominciava a parlare:

«Che t'arriva di là?» cominciava Giovannino Bonsignore, che aveva un figlio che stava in classe da me.

«Le solite cose, che volete che ne sappia.»

«Che solite cose?»

«Salvatore dice che il professorino l'altro giorno se n'è salito in camera della grande. Ma assieme alla sorella piccola. L'ha detto Maria Rosaria che li ha visti sulla scala.»

«Quella storia finisce male, vero Antonino?» il cavaliere aveva gridato la frase al suo tipografo, convinto che fosse seduto là dietro, alle sue spalle. Ma Antonino non c'era «Antonino il professorino lo conosce, gli parla».

Il cavaliere era infastidito da questo fatto. Che io non parlassi con loro e mi rivolgessi, con simpatia, proprio a quel pover'uomo non si riusciva a comprendere. Per quanto salutassero in modo cordiale tutte le volte che li incontravo, non si spiegavano come e perché non scambiassi qualche battuta con loro.

Senza poi contare che non soltanto evitavo di frequentare il Tripoli da avventore abituale ma, a quanto risultava al cavaliere, che era uno che giocava su più tavoli, nessuno mi aveva mai visto neppure al Circolo cittadino; un ambiente diverso dove i pettegolezzi obbedivano ad altre regole. Anche perché al Tripoli le cose si venivano a sapere prima, e nonostante non fosse più un caffè elegante come il Vittorio, era una tradizione cittadina che i signori omaggiavano con benevolenza, se non altro perché lì si prendeva una granita di caffè più buona che a Catania.

Questo mescolarsi rendeva bene l'idea sulle abitudini di una città dove nessuno pensava di sedere al tavolo del Tripoli con Antonino, il tipografo, o di salutare con troppo entusiasmo uno come Totò, quando capitava di vederlo passare per il corso principale.

In tutto questo il professore e Donna Franca venivano da un altro mondo. Nessuno li aveva mai visti al Tripoli e neppure al Circolo. Dopo la festa del 1934, quella del cavaliere, non uscirono nemmeno più per la passeggiata.

Il cavaliere era l'unica forma di letteratura tra quei vicoli stretti; e non soltanto perché raccontava sempre qualcosa che neppure i vecchi ricordavano, ma anche per quelle due facciate grandi come un lenzuolo su cui scriveva di tutto: "L'indipendenza". Per qualche anno la testata vantava la scritta: "Settimanale separatista". Questo fino al 1956, finché prendeva i soldi dall'avvocato Bellomia; bei tempi, anche per Antonino, che sulla paga della settimana poteva contare. Poi Bellomia morì per un incidente di caccia, il settimanale del cavaliere rimase indipendente ma non separatista, e la dicitura scomparve. Ma l'articolo in basso, quello che chiudeva l'ultima pagina del giornale, fu sempre un punto fermo. Talvolta erano favole, apologhi, racconti legati alla vita della città. Uno spazio letterario dove gli eruditi pubblicavano le loro prove più ambiziose.

"L'indipendenza" era un foglio di dubbia fama. Il cavaliere diceva di ispirarsi al glorioso foglio cittadino, "Il Tamburo", un giornale della fine del secolo scorso. Ma al Circolo "L'indipendenza" non entrava neppure se nascosto in tasca. Però, quegli stessi che giocavano a ramino e discutevano se il «nostro Vittorini» fosse poi uno scrittore «fiorito», se quell'italiano era un italiano «degno di questo nome», non lesinavano scritti e racconti giovanili, per uno spazio che in quel caso si trasformava subito in una palestra di vanterie. Un giorno fui tentato anch'io: fu proprio il cavaliere a chiedermi «qualcosa», ne sarebbe «stato onorato». Si alzò con fatica dalla sedia e reggendosi bene al suo bastone mi chiese se avessi un racconto per lui, che il suo giornale rappresentava «un pezzo di storia della politica siciliana, e delle belle lettere, naturalmente». Non avevo nulla, e l'episodio mi diede un leggero fastidio.

Ero stanco di sapere e non sapere, di non essere capace di separare le storie vere dalle invenzioni fantasiose. Con sole due lezioni sul *Cantico* già la città aveva fatto di me un seduttore impenitente: partendo dall'idea che Nunzia fosse mia prigioniera. E questa non era soltanto la tesi più accreditata al Tripoli, dal quale mi arrivavano i racconti, ma anche al Circolo, in cui le discussioni si imbastivano con maggior rispetto della verità, e con discrezione vi partecipavano anche le signore.

Debbo dire che, per quanto non sia mai stato un giocatore di ramino, al mio arrivo in città mi fu da subito rivolto l'invito di far parte del Circolo attraverso il professor Romano, che fu preside a Catania, tornato qui dopo la pensione. Romano era un buon conoscente della mia famiglia, e si premurò da subito di far circolare la voce tra i tavoli da gioco catanesi frequentati da mio padre, che io a S. avevo sedotto una ragazzina minorenne e pure orfana. Come non bastasse lo avevo fatto in classe. Questa cosa con il tempo si gonfiò a dismisura; che Ninetta ne sapeva sempre una nuova. Una volta erano i bagni della scuola, un'altra (non si sa come) persino la cattedra. Il fatto sarebbe avvenuto di fronte a tutti, anzi un alunno aprì la porta e richiuse subito mentre lei stava distesa sotto di me.

Per un certo tempo a casa mia pensarono che i pettegolezzi fossero imprecisi: Francesca non era minorenne, e non era una mia allieva. In quanto a Nunzia, mia madre non supponeva avesse un'età accettabile anche per il più inguaribile dongiovanni. La pensavano undicenne, e tanto bastava. Cosa che però non bastava di certo a Ninetta, che un'idea assai precisa dell'età di Nunzia l'aveva; e un'idea l'aveva anche dello sguardo, del modo di vestire, e di tutto il resto, per averla vista in strada una sola volta, e capito quello che c'era da capire.

Quello sguardo, quelle curve del corpo («pare un leopardo», aveva subito commentato Ninetta con una ammirazione indecisa) erano cose per gente di fuori; e poi la madre di Donna Franca non era una nobile tedesca?

In realtà la nonna di Nunzia e Francesca era nobile sì, ma non tedesca, bensì russa. Dicevano che Nunzia avesse preso i suoi occhi. Quando ancora parlava, prima della malattia, la zia Angelina raccontava di quella madre che arrivava da Mosca, sbarcata a Palermo nel 1901. «Sposò Antonio Sapienza, diceva di essere un poeta, ma nessuno ha mai ritrovato neppure un suo verso. Eppure del nonno non si poteva parlare male. Non dico mia madre, ma neppure la zia Angelina tollerava critiche. Riguardo a mia nonna» aggiungeva Francesca con tono ironico «dicevano che i suoi occhi sapessero ipnotizzare gli uomini».

Volta i tuoi occhi altrove,
troppo mi inquietano...

Di chi erano gli occhi? Della sposa di Salomone? O di Nunzia che aveva preso il "taglio orientale" della nonna russa? «Averte oculos tuos a me, quia ipsi me avolare fecerunt.» Forse era meglio tradurre che gli occhi "turbavano" anziché, come io avevo fatto, "inquietavano". Ma c'era qualcosa nella parola turbamento che già mi sembrava vecchio, passato, facile. Gli occhi di Nunzia mi inquietavano, il turbamento è qualcosa che invece dura poco.

In quel tempo c'era meno velocità, la vita prendeva pieghe lente. Nunzia appariva lontana nel tempo, più lontana di quanto lo fosse veramente; come se quella distanza che mi separava da quel suo primo banco, in certi momenti fosse molto più grande, e così tutto quel mondo che mi girava attorno, fatto di allontanamenti e vicinanze improvvise. Li vedevo lontani a raccontare di me cose di cui nessuno sapeva nulla. E mi guardavo vivere attraverso loro. Finivo per essere testimone di una vita che non c'era, non c'era per Francesca, per Nunzia, per Totò. E anche il passato più lontano diventava diceria, perdeva di verità.

Ma questi sono pensieri del dopo, e anche sbagliati. Su quel presente c'era la tela di Penelope che si faceva e si disfaceva. Personaggi di una commedia dove si entrava in scena senza un ordine, e senza una propria storia da raccontare. C'erano i discorsi del Tripoli: fatti solo di congetture e dicerie. E c'erano loro, con le carte e quell'aria stupita che esibivano le rare volte che gli passavo davanti. Chi era questo, sembrava pensassero, che ha rimesso in moto quel tempo fermo da un'eternità? Come ero arrivato in quella città?

Tutto veniva da Francesca, che secondo il gruppetto della briscola (così riferiva il tipografo) avevo conosciuto a Roma. Senza sapere che io a Roma c'ero stato, ma non più di tre volte; e Francesca doveva esserci soltanto passata, e da piccola. Se poi dovessi dire quale fu il primo ricordo che ho di Francesca, devo tornare a Tubinga. Appena dietro la Markt, c'era un piccolo locale. Avevo visto che il professore entrava assieme a una bellissima ragazza. Pareva molto giovane, ma non riuscii a vederla bene in faccia. Aspettai ad entrare, e dapprima finsi di non accorgermi di loro. Solo dopo andai a salutarlo e lui mi presentò la ragazza come sua figlia. Mentre stavo per tornare al mio tavolo fu Francesca a sorprendermi: «perché non siede con noi?».

Quanti anni aveva Francesca? Diciotto forse. Stava partendo per Parigi? Non ancora. Se avessi visto Francesca sola, e non accompagnata dal padre, avrei pensato che era una tedesca.

Fu lì (e debbo dire che ho ricordato solo dopo questo dettaglio, come fosse rimasto chiuso nel cassetto di una memoria che non aveva strumenti per interpretarlo) che sentii parlare di un giardiniere tedesco da mandare nella casa in Sicilia. «Mamma vuole sistemare il giardino, non pensa ad altro. Vuole comprare anche il rudere abbandonato dei Nicastro, per ingrandirlo» disse Francesca. Ma se queste parole le ho ricostruite, e può essere che non siano proprio queste, l'espressione del viso la ricordo bene: era preoccupata. Poche parole che allarmarono il padre: guardò la figlia esitante, poi cambiò discorso.

Da quel giorno rividi spesso Francesca. Dapprima casualmente. Poi con appuntamenti che duravano a lungo, interi pomeriggi nella mia casa che affacciava sul fiume e sulla passeggiata dei platani. Solo che poi lei decise improvvisamente di partire per la Francia, dove già aveva passato due anni in collegio. Voleva studiare medicina, ma in realtà andava a Parigi per seguire i corsi di Léon Certaux, uno psichiatra che voleva tornare alle origini della psicanalisi, e pensava che molte malattie fossero conseguenze dell'isteria.

Léon Certaux curava con l'ipnosi, e in quegli anni, con la benevolenza di parte del mondo medico parigino, di fatto ancora ostile alla psicanalisi, divenne una sorta di principe della psichiatria della Facoltà di rue Jacob. Non doveva stupire che Francesca fosse attirata da un uomo che andava contro ogni moda. Francesca era così: lei partì e io cominciai a trovare l'incantevole Tubinga un luogo insopportabile. Pensai che avrei voluto Francesca in Sicilia, assieme a me. Per qualche settimana aspettai una sua lettera, che non promise mai di scrivermi. Ma se ripenso a quei giorni, non riesco a trovare il nome di Nunzia da nessuna parte. Non arrivava dalle parole di Francesca, e neppure da quelle del professore. Perché Nunzia era una sorpresa che il destino mi aveva preparato con cura.

7

Francesca non amava raccontare del professor Certaux, che faceva lezione in una sala che sembrava un anfiteatro greco. Di tanto in tanto davanti alla cattedra sedeva un paziente, oppure uno studente coraggioso. Il professor Certaux praticava l'ipnosi, anche in aula: e venne un giorno che Francesca finì con gli occhi chiusi. Seduta su quella sedia in una posizione che nessuno, da sveglio, avrebbe potuto mantenere: pareva sospesa per aria, galleggiava nel nulla. Cosa disse quel giorno Francesca di fronte agli studenti?

«Parlai in dialetto, e nessuno poté capire. Però feci un lungo discorso, piansi, a un certo punto mi alzai, ma Certaux mi fece sedere. Nessuno seppe riferirmi cosa avessi detto. Soltanto che dopo quella volta lasciai tutto. Anche la speranza che mia madre potesse guarire da quella malattia dei nervi. E invece due giorni dopo mi arrivò una lettera di mamma: papà stava male. Impiegai tre giorni per arrivare a Tubinga. Troppo tardi.»

Certaux fu una stella effimera. Passò come le mode in Francia. Francesca tornò a Parigi dopo la morte del professore, in quei giorni la ricordo diversa. Non era soltanto quel lutto improvviso. Era cambiata.

Rimase solo il tempo necessario per un funerale che il professore aveva voluto fortemente lontano dalla sua Sicilia (per quanto alla tomba di famiglia dovette tornare comunque). Francesca ripartì e per cinque anni non seppi nulla di lei: soltanto che viveva in Francia. Fino al giorno che mi arrivò un biglietto. Per la verità arrivò a casa mia, a Catania. Il mittente si leggeva con chiarezza, Ninetta sapeva che io le avrei chiesto di aprire e leggere, così lo fece senza aspettare il mio permesso. E mandò un telegramma a Milano, dove vivevo da tre mesi: «Biglietto Francesca stop dice che torna presto a S. stop manda baci stop anche io stop Ninetta».

Andai al telefono pubblico, che era dalle parti di piazza Fontana, e chiamai Ninetta a Catania. Dovevo sapere cosa c'era scritto d'altro in quel biglietto.

«Niente, niente» mi rispose Ninetta «solo quello che ti ho detto. Torni anche tu?»

Tornai. La settimana dopo. E feci domanda di insegnamento. Non fu difficile scegliere la sede. Guardai il timbro postale della busta che Francesca mi aveva mandato: e capii che era già in Sicilia. Così a Catania seppi che anche sua madre era morta, da meno di un mese. Mi dissero dove viveva, che c'era la sorella; seppi di un giardino. Tanto bastava.

«Non mi sarei aspettata che saresti corso qui così presto» mi disse Francesca, più di una volta.

Ma tornai soltanto perché avevo scelto di vivere

prigioniero. Mi incuriosiva che Francesca mi avesse spedito il suo biglietto in Sicilia e non altrove, come se non ci fosse mondo fuori da quell'isola e non riuscisse a mandarmi una lettera più lontano. Però fu un pensiero successivo, e in questi anni ho imparato a raccontare ciò che vedo, e non ciò che sono.

Anche con Nunzia. «Una ragazzina,» diceva Francesca «ancora giovane, cambierà». C'era poco da cambiare in Nunzia, e Francesca non capiva; abituata a pensare il mondo come una sua creatura. Come Totò con il suo giardino, o Neumark. Nunzia non sarebbe mai partita per seguire le bizzarre lezioni di Certaux, era indifferente a queste cose. Una mente semplice, diceva Francesca. Un animale pericoloso, sembra abbia detto un giorno Totò, che di donne se ne intendeva assai più di quanto si potesse sospettare in città.

Questa storia dell'animale pericoloso dimostrava che Nunzia era cambiata, e se fosse stato il *Cantico* che leggevo in classe oppure no, nessuno ancora poteva dirlo. In quanto a me, ormai ero per tutti un depravato: e i dubbi cominciavano a sfiorare anche Francesca. L'avevo inseguita, Francesca. Dopo era arrivata Nunzia. Se ciò che siamo è ciò che vediamo; se questo è vero, bene, io non vedevo più nulla, stordito da una vicinanza eccessiva. Come se Nunzia fosse una creatura che proveniva da un tempo che a me, a dispetto di ogni sforzo, appariva molto lontano.

Nunzia parlava un italiano con accento incerto, vestiva in modo insolito per quel tempo: niente a che vedere con le sue coetanee, lei più si copriva, più a me appariva indecente. Mentre Francesca aveva sempre addosso qualcosa di troppo leggero e trasparente. Avevo pensato molte volte che entrambe non fossero che un'unica persona: due metà distanti, indifferenti l'una all'altra.

Avevo pensato, ma fu solo all'inizio, che le avrei volute tutte e due; che non mi sarei sentito appagato senza quelle metà. Poi la mia passione per Francesca si frantumò all'impatto che ebbe Nunzia nella mia vita. Ma lasciandomi tra le mani quei frammenti, e la polvere nel naso, negli occhi, sui vestiti. Una polvere così sottile e così fitta da impedirmi di vedere, di capire. Quel palazzo dove Francesca e Nunzia abitavano, di giorno in giorno mi appariva meno familiare, più estraneo, eppure sempre più attraente. Dovette intuirlo Ninetta una delle rare volte che mi spinsi fino a Catania, per l'onomastico di mio padre.

«Hai lasciato questa casa per sempre. Ti muovi come se non fosse mai stata tua.»

Faceva presto Ninetta a parlare. Io guardavo Maria Rosaria, oppure Totò, che mi spiavano mentre salivo le scale (e in cima c'era sempre un'ombra, quella di Nunzia), e pensavano che andavo a fare l'amore con le due sorelle. E gli sguardi erano diversi: indignati e ansiosi quelli della servitù, come a voler sbottare di rabbia prima o poi. E consapevoli, prima ancora che complici, quelli di Totò: di chi sa bene quanto la passione dei sensi possa diventare una malattia da cui si guarisce soltanto per necessità, quando il fisico non permette più gli eccessi, e la memoria del corpo non sorregge neppure la fantasia.

Qualche volta Totò pareva un vecchio. Era soprattutto nello sguardo che il suo aspetto perdeva di tono, si affievoliva, come spaesato. Totò non possedeva nulla; diceva che il suo tesoro era fatto di pochi oggetti: un vecchio orologio spagnolo, un paio di bussole montate in rame e soprattutto cinque o sei curiose conchiglie che provenivano dalle Indie Occidentali. Certamente regali di Neumark, usciti da quel baule da marinaio con gli spigoli consumati, che aveva sul coperchio, impressa a fuoco, una iniziale che non era neppure la sua: una "B".

Totò era fiero delle sue conchiglie: dentro risuonava quel mare che gli faceva paura, perché Neumark raccontava di porti sperduti e pericolosi, come la baia di Matavai, «che c'era un mercatino della madreperla, e facce ridenti di tutte le razze». E dove Neumark giurava che sarebbe tornato un giorno.

Ma quale contrasto tra Totò, il caffè Tripoli e la baia di Matavai, che sembrava più un posto adatto a Nunzia che a quel pover'uomo di giardiniere. Dove fosse un luogo chiamato Matavai nessuno sapeva dire; ma da Matavai erano arrivate tre palme altissime, che gli indigeni chiamano "noci di betel". Neumark non credeva che sarebbero sopravvissute senza il caldo tropicale della Polinesia. Fu uno dei suoi tanti prodigi: le palme ora superano i venti metri. E si possono vedere anche dalla darsena, prima di passare il ponte. Forse sono gli alberi più alti della città.

«Tieni, è meglio del vino» mi aveva detto Nunzia, porgendomi un seme che aveva tolto da una piccola bacca ai piedi dell'albero, «masticalo più che puoi, quando diventa amaro, sputalo».

Masticai a lungo e mi prese una leggera ebbrezza, nulla però al confronto del vino che tenevano in casa, in grandi anfore di terracotta sigillate. Era un vino color ambra, dal profumo di mandorla: il professore ricordava sempre che lo avevano portato dalla campagna quando Nunzia neanche era nata. Poteva avere vent'anni quel vino. Un'estate Francesca («ero una ragazzina») ne bevve da star male. Totò ne attingeva un poco prima di lasciare il giardino, a fine lavoro. Nunzia ne beveva fino a stordirsi e addormentarsi sotto qualche albero. E Maria Rosaria, quando all'alba apriva la porta della cucina, la vedeva e andava per svegliarla. Avrebbe voluto che tornasse nella sua stanza, ma lei arrivava fino al divano a fiori e continuava a dormire. Diceva di sognare luoghi mai visti dopo aver bevuto quel vino, che era più vecchio di lei. Sembrava un marsala, soltanto più torbido.

Neanche a dirlo, Maria Rosaria non aveva mancato di informare tutti quelli che poteva su Nunzia, che alla sua età non rinunciava neppure al vino. Certamente, era vero, Nunzia era una ragazzina che amava lasciare che la sua vita prendesse il largo, come le navi che Neumark faceva arrivare. E questo lasciarsi andare irritava Francesca, che non resistette neppure all'esperimento di Certaux, e scappò via da Parigi, dimenticando il bagaglio.

Dicevano che Francesca assomigliava al professore: decideva con freddezza, e dopo viveva con coerenza le proprie decisioni, senza più essere capace di opporsi. Dicevano che Nunzia fosse identica a Donna Franca, persa a cercarsi in un passato che finiva in chissà quale orizzonte.

> Ti porterei alla casa di mia madre,
> fino alla sua stanza
> e berrai il mio vino dolce
> mischiato al succo delle melograne.

Il *Cantico* per Nunzia era diventato un breviario, un manuale scandaloso a uso personale. E quando i compagni di classe esitavano sulla traduzione di «et dabo tibi poculum ex vino condito», lei ne rideva. Perché avrebbe di certo saputo mescolare il suo vino aromatico con il succo di quelle melograne che mangiava macchiandosi la bocca di rosso, e tenendo il frutto con le mani, come volesse nasconderlo.

Nunzia era un'allieva perfetta. Traduceva dal latino e dal greco, con diligenza, perché a me avrebbe fatto piacere. Mi guardava come io volevo. E faceva tutto questo senza venire meno, mai, a ciò che era. Non si trattava di una resa, neppure di un modo di compiacermi: semmai di un gioco senza vincitori o vinti. Dove il piacere era soltanto nel decidere le regole.

«Fai attenzione a mia sorella, non pensa in un modo sano. Sembra mia madre. Vede quello che non c'è» mi disse un giorno Francesca. «Aveva il sacro terrore di mio padre e abbassava gli occhi quando lui le parlava. Ma era una bimba. E veniva a casa un'istitutrice a insegnarle aritmetica e latino. Non siamo mai cresciute assieme. Anzi non l'ho mai vista crescere. È cambiata, così, da un giorno all'altro. Mentre usciva da quella stanza, quella che porta al corridoio del primo piano. Era di pomeriggio, con le finestre sbarrate dalle persiane, la luce che passa e si perde a illuminare la polvere. Mi volto e vedo una sagoma scura che si muove. Alta, i capelli sciolti: era nuda. Sarà stato pochissimo, un secondo, e ho pensato: chi è che cammina in questo modo? Sembrava una curva flessuosa che prendeva vita all'improvviso. Mi sono detta: beato chi se la prende, era una divinità.»

Io mi ero perso dietro un'illusione che in certe ore del giorno travolgeva tutto. Francesca diceva: «si è quello che si vive». Io ero diventato un uomo che non aveva più lettere da scrivere, libri da leggere, amici da incontrare. Guardavo le case e cercavo di spiare quello che c'era dentro, il buio oltre i vetri, le luci deboli; convinto che il tempo fosse solo una modalità dello spazio, e il passato qualcosa che sta un poco più in là, in fondo a quel corridoio.

Sognavo di tornare in quella parte di palazzo, seguito da Nunzia, poco più lontana; sognavo di farmi padrone di quei meandri che terminavano con la camera di Francesca.

Sognavo stelle marine sopra gli scogli, camere da letto vecchie, di quelle che trovi buttate dai ferrai, per metterci i nuovi letti in tek, e aprire quelle stanze al rumore delle automobili.

Sognavo calze di seta che pendevano da quei cassettoni di noce sfasciati e opachi, coi colori induriti dalle penombre.

Sognavo gente che non era mai esistita. E fotografie dai bordi zigrinati, lasciate a scurire dentro le cornici d'argento. Sognavo di lavarmi la faccia in quel lavabo che si apre di fronte alla stanza che fu di Neumark, perché l'acqua là ha il colore della ruggine. E di entrare al Tripoli per giocare una partita senza carte, e che i miei compagni di tavolo erano muti, tutti, tranne Antonino il mio tipografo che leggeva il *Cantico*, e sentivo una musica sconosciuta.

Ho sognato una fotografia del Tripoli, con il gruppetto seduto fuori; il cavaliere in fondo a sinistra con il bastone, gli altri con le carte in mano: due di spalle, voltati verso l'obiettivo, gomito appoggiato alla spalliera della sedia. E un vecchietto a destra, in piedi, impacciato, di passaggio. Sul bordo della foto, un timbro a secco, come una stella marina, appunto. E la scritta: "Foto Marcianò". Ma nella fotografia non c'è il tipografo, l'uomo dalla mano sporca di piombo. E non ci sono gli altri, il preside che di lì a poco mi avrebbe sospeso, ma a modo suo; il provveditore che mi ricevette con mille cerimonie. Non c'è mio padre che arrivò da Catania: vecchio e preoccupato. Parlarono di scandalo. Ma i pescatori mi guardavano in un modo diverso, e la pioggia sui marciapiedi ristagnava in pozze, e non lavava via nulla. Rimaneva tutto: anche lo sguardo del professor Pirandello, che pochi avevano dimenticato; anche Donna Franca, che si affacciava sulla via di tanto in tanto, e quando accadeva si fermavano tutti, e qualcuno salutava rispettoso.

«Professore il *Cantico*, proprio quello, e poi è una ragazzina. Anche se per altri versi, è una donna fatta» mi ripeteva il preside consolatorio.

Avrei inciso sul marmo questa frase, come un'epigrafe degna di una città che cominciavo ad amare. Se avessi potuto mi sarei affacciato da quella finestra d'angolo del palazzo, a guardare il giardino e insieme la strada, e avrei mostrato Nunzia alla città. Nunzia vestita di niente, Nunzia bruciata dal sole. E tutto sarebbe tornato a posto, non c'era nessuno in quella casa che poteva soffrirne, se non forse quella vecchia zia, che non avevo mai visto; nessuno a cui dal corso si potevano rivolgere le battute, le occhiate.

Tutti guardavano Nunzia e Francesca come attraverso un cannocchiale d'ottone. Forse lo stesso cannocchiale d'ottone che Neumark portava nella giacca quando arrivava fino al molo, aspettando le sue navi e i suoi alberi.

Il tipografo aveva una cicatrice che gli segnava la guancia destra, un segno leggero, che nella penombra dove lavorava non si notava: «Quel tedesco mi rivolse la parola una sola volta, incontrandomi su per il lungomare dove abita la moglie di Anselmo. Mi guardava negli occhi, e non mi piaceva. Non la smetteva. Poi mi ha chiesto se conoscevo un luogo che non so dirvi, lontano, di quelli dove era stato nei suoi viaggi. Prima di quel momento non sapevo neppure che voce aveva. Per me era muto. Poi ha detto qualcosa ancora, ma senza guardarmi. E se ne è andato».

Neumark aveva un tesoro tra le mani. Il denaro di quelle tre donne. Il denaro di una famiglia che, si diceva, fino a cinquant'anni fa era ricca quanto i Florio. Fantasie certo, ma le terre non mancavano, e neppure le rendite: e poi si erano mai visti dei palazzi così grandi in una città? Chissà cosa doveva esserci dentro? Si chiedevano tutti. Anch'io; le volte che tornai a passeggiare per quelle stanze, a cercare un filo nei disegni che la polvere creava sugli oggetti. Perso tra la fotografia nitida di un mondo che credevo di conoscere e questa storia sospesa: *hortus conclusus, fons signatus*.

8

I socialisti stavano prendendo il potere. O almeno: così pareva dai discorsi che si sentivano. Dicevano che Moro avrebbe fatto un'alleanza con i socialisti, che l'avrebbe annunciato al congresso dei democristiani. Antonino aveva paura che gli americani sarebbero sbarcati ancora, per liberare l'Italia, perché gli americani pensavano che poi anche i comunisti sarebbero arrivati al governo, e che Moro stava sbagliando.

Di questo si parlava nei caffè, e da qualche giorno le mie lezioni erano state sospese. Si parlava dei socialisti e si parlava anche di me, anzi i discorsi si intrecciavano fino a non capirci più nulla: che fossi comunista? Ma il cavaliere aveva preso informazioni a Catania, la mia famiglia era "a posto". Non potevamo essere comunisti. Mio padre poi aveva un passato da giovane universitario cattolico, per quanto il suo impegno fosse sempre stato blando. E a lui i democristiani non erano mai piaciuti troppo, specie quelli siciliani; e poi mio padre non era di quelli che potessero aderire a qualcosa di concreto, neppure la professione di medico l'aveva entusiasmato. Niente di niente: stava tutto il giorno a leggere chissà cosa. Così quando, contro il parere di Ninetta, decise di farsi accompagnare fin qui da mio cognato Alfredo fu sorpreso innanzi tutto da sé stesso, ché non avrebbe immaginato in cuor suo tutta quella determinazione.

Ormai passavo più tempo da Nunzia che in quella casa di via Carafa. Due stanze che neppure volevano affittarmi, perché nella città vecchia nessuno voleva abitare, e figurarsi un signorino della mia classe, un professore, sopra il mercato del pesce, e a cinquanta metri dal più glorioso bordello della città, quello che tutti giuravano fosse chiuso, ma le ragazze di tanto in tanto venivano, e qualcosa guadagnavano. E i primi tempi le vedevo passare, guardinghe, a gruppi di due, di tre. Con il passare delle settimane finii per non vederle più, i miei orari erano cambiati, quando ritornavo a casa lo facevo che oramai era notte. Ma spesso neppure più di notte tornavo: finivo per rimanere ad aspettare il chiarore dell'alba e lasciavo la casa incrociando Totò, che era mattiniero, e apriva il portone prima delle sei.

Totò sapeva quello che accadeva nella casa, e lo sapeva tutta la città, solo che ognuno immaginava una cosa diversa. Maria Rosaria era la fonte. Ma le varianti parevano infinite, varianti che al Tripoli solleticavano mentre al Circolo sembravano campane a morto: che fine, che disgrazia, ma certo nella famiglia Pirandello se l'erano cercata. Perché tutti quei viaggi, e poi in Germania, e quella pazzia di far crescere un giardino a dispetto di quel dedalo di vie, che avrebbero fatto impazzire anche l'uomo più specchiato. Se non altro c'era la scusante che Donna Franca non era mai stata bene, e neppure da giovane; che non glielo avevano detto al professore che stava male con i nervi, e se la sposò andando incontro ad anni di tormenti. Come pretendere poi per queste figlie, se il dottor Di Stefano da Palermo qui non c'era mai venuto, e dire che oltre le nipoti c'era una zia malata che andava visitata, prima che morisse. Ma questo zio delle nipoti non si era mai curato. E Francesca non l'amava e pare l'avesse diffidato dal tornare dopo l'ultima volta, quando pretendeva una parte di palazzo.

Ma chissà se era vero. Il dottor Di Stefano, zio Salvatore, era un medico delle ossa, grasso come nessuno, che (dicevano le nipoti) non entrava neppure nell'ascensore fatto installare nel suo palazzo di Palermo. Era grasso e sposato male, con una donnetta di Partinico. E fu la sua rovina: «Mia madre diceva che era un cretino, noi lo chiamavamo zio, ma in realtà è un cugino di secondo grado, o non so che cosa. Una volta Nunzia, che era piccola, lo morse a un polpaccio. Lo odiava. L'hanno dovuto cucire. Era tremenda mia sorella da piccola».

Zio Salvatore seppe di me. Lo informò qualcuno e cominciò a preoccuparsi: chi era mai questo, che se la faceva con la nipote più piccola? Mancava poco che se ne partiva da Palermo, con il figlio, per venire fin qui, a controllare che nessuno volesse prendersi quella parte di palazzo che lui credeva sua, prima o poi. Ci fu un momento in cui erano tutti agitati, c'era chi partiva e chi pensava di partire. Mio padre, lo zio di Nunzia, persino Ninetta mi fece cercare per mettermi in guardia dall'arrivo di mio padre.

Le cose si mettono in moto per strappi improvvisi. E si era passato il segno. Anche perché ormai avevo lasciato ogni prudenza. Non mi nascondevo più mentre me ne tornavo di mattina dalla casa, e tutti mi vedevano. Sapevo che Nunzia era minorenne, che era una mia alunna; ma la volevo. Il giorno dopo Nunzia mi aspettò senza che io chiedessi niente: cominciò a salire le scale, e la seguii; e finii per smarrirmi. Dove poteva essere Nunzia, in quale stanza, in quale luogo? Entrai nella camera di Neumark, in biblioteca, cercai di aprire un'altra porta ancora, ma era chiusa a chiave; esitai, convinto che fosse stata lei, che si era chiusa dentro. Allora arrivai fino allo scalone, poi tornai indietro in fondo al corridoio, fino all'ultima stanza. Nell'ultimo tratto il corridoio si faceva stretto e aveva soltanto una fila di stanze che davano sulla strada. Dall'altra parte le finestre affacciavano sul giardino. In quella parte tutto pareva più curato, la carta alle pareti non era strappata, le appliques parevano reggersi e c'erano le lampadine.

Fu allora che vidi Nunzia.

Aprì la porta della stanza di Francesca quel tanto che bastava per farsi guardare, interamente. Solo in quel momento vidi che i suoi vestiti erano sparsi per il corridoio e che il suo corpo era illuminato da una luce che sembrava bruciarlo.

Me li avrebbe riferiti poi Antonino i commenti

del caffè. Quelli su Nunzia, quando la videro passeggiare per il corso da sola, senza neppure un'amica, passargli davanti senza guardarli, come un disprezzo, portandosi appresso quel corpo leggero che aveva perso tutte le indecisioni della prima adolescenza. Me l'avrebbe riferito Antonino quello che avevano detto. Perché d'un tratto Nunzia era diventata un'altra cosa. Non come Francesca che mai avrebbe passeggiato davanti a loro in quel modo.

«Ma i capelli non li aveva sciolti. Anch'io l'ho guardata subito. Sembrava che nessuno l'aveva mai vista, sapete. Il cavaliere le carte se l'era posate sul tavolo. Stava fisso a guardare. Anche gli altri. Pepè, di spalle, aveva spostato la sedia, facendo un rumore forte. Nessuno parlava. Pareva che avevano visto un fantasma. Che ora era, mi chiedete? Le sette, le otto credo. Era domenica, perché stavo là a quell'ora, e non lavoravo. Però sapete, non era solo quel corpo, con quel vestito leggero che, come dite voi, la fasciava tutta. Era quella collana di perle che sembrava accendersi con la luce. Allora il cavaliere disse soltanto una cosa. "Pare la sua", nient'altro. Soltanto che poi non c'era più la voglia di giocare. Io me ne tornai in tipografia. Sembrava che fosse passato un temporale, durato per una notte intera. Pareva mattino presto, anche l'aria era diventata fresca.»

Antonino mi aveva raccontato di Nunzia, e di come uscì per il corso, proprio quel pomeriggio che mi aprì la porta. Con i vestiti lasciati là fuori perché Francesca vedesse; e Totò potesse trovare la camicetta bianca appesa come fosse una bandiera alla maniglia della finestra che dava sul giardino, e che era aperta.

Così il vento fece la sua parte e tutti in casa poterono vedere una camicetta che sembrava sospesa per aria, e che finì proprio a due passi da Totò. E Maria Rosaria dice che c'era una piccola macchia di sangue sul davanti, il sangue dei miei morsi. Soltanto che Nunzia la camicetta l'aveva tolta da prima; prima di aprirmi la porta di una stanza che pensavo fosse di Francesca, ma che poi non era di nessuno: dove c'era un letto, e una toilette di legno, con uno specchio grande, e neppure lenzuola, e solo una poltrona. E la voce di Nunzia, quelle parole sussurrate, rimbombava che pareva esagerata, per non dire delle grida che dovevano arrivare fino al mare, tanto alla fine erano forti.

> mi hai fatto impazzire per uno sguardo
> e per quel nodo della tua collana.

Cosa voleva dire il cavaliere quando, notando la collana, disse: «Pare la sua»? Per quanto poi la collana, qualche giorno dopo si spezzò e le perle cominciarono a correre per il pavimento, e finire dappertutto, e soltanto due le erano rimaste come appese al collo, e una si era appoggiata nell'incavo della clavicola, e si muoveva avanti e indietro come fosse la pallina di uno di quei bigliardini che erano arrivati dall'America.

«Pare la sua» aveva detto il cavaliere, e lo guardarono tutti ammirati, perché lui sapeva, ma soprattutto lasciava intendere che quella sera con Donna Franca non c'era stato soltanto quello sguardo. Proprio per questo il cavaliere aveva riconosciuto quella collana che Nunzia portava: perché i gioielli della mamma non li aveva più messi nessuno. Francesca non li portava. Nunzia era troppo piccola. Ora che era cresciuta si era messa quella collana di perle. A cui faceva un nodo proprio alla base di quel collo perfetto.

Quel pomeriggio Nunzia mi aveva lasciato nella stanza che ancora dormivo, ed era uscita. Era passata davanti al Tripoli, più di una volta, e poi aveva preso il corso Vittorio Emanuele, dove avevano aperto due negozi, e dove c'è il caffè frequentato dai più giovani, e da quella che allora si chiamava "la crema della città". Il caffè Vittorio aveva soppiantato il Tripoli, che per la verità stava decadendo, diventando sempre più il regno del cavalier Corpaci, e di quel piccolo gruppo di proprietari terrieri; benestanti certo, ma ingrigiti.

Al caffè Vittorio le cose andavano diversamente: altro che quei tavolini con il marmo scuro che trovavi al Tripoli. Lì c'era la gelateria nuova, ed era tutto illuminato da lampadari moderni. Così molti giovani della mia età avevano l'abitudine di andarci per l'aperitivo, e poi mettersi d'accordo su come passare la serata. E anche le ragazze, per quanto mai da sole, avevano preso a frequentare quel gioiello di rifiniture, con il banco tutto di mogano e i divanetti.

Francesca ci andava da sola, a leggere il giornale o qualche libro. Ma nessuna delle ragazze le avrebbe mai rivolto la parola; i ragazzi invece avrebbero tanto voluto, ma non osavano. In città era meglio farsi vedere con la Pinuccia, che si sapeva quello che faceva veramente, perché tutti quei soldi non li poteva avere, che suo padre era soltanto ferroviere e la madre cuciva e ricamava qualcosa. La Pinuccia al caffè ci andava, ma stava fuori, e non entrava; e qualche parola i ragazzi con lei la scambiavano, ma con Francesca no: con Francesca non si poteva, e poi cosa si andava a dire a una così?

Nunzia prima di quel pomeriggio era per tutti ancora una bambina. E poi nessuno la vedeva in giro, e qualcuno per trovare il ricordo del suo viso doveva tornare al funerale della madre, che Francesca non si era coperta il capo, ed era vestita di scuro, ma non di nero. Solo la zia aveva il capo coperto e per tutto il corteo si faceva trascinare da Totò e Francesca, e quel tremore le aveva già preso la testa, e pareva dicesse con il capo un continuo no, che se non guardavi bene pensavi che era sana, e che quel movimento fosse il suo.

Ma di Nunzia? Neppure di quel giorno c'era un ricordo preciso. Neppure al Tripoli dove erano più attenti, e più informati, anche per via di Salvatore, il marito di Maria Rosaria. Di Nunzia niente. Eppure c'era, certo che c'era al funerale, come poteva non esserci? Ma dove stava, se in quella prima fila si ricordavano tutti (e Bonsignore ci avrebbe messo la mano sul fuoco) Francesca, Totò, e la zia. E poco più a fianco lo zio Agostino, quello che stava a Messina. Pensare che dietro c'era anche il tedesco

Neumark, e poi Pino Sciacca, l'onorevole democristiano.

Ma di Nunzia nessuno ricordava la presenza.

«C'era, c'era. Stava in chiesa, me la ricordo, l'ultima del primo banco, lontana dagli altri» ripeteva sicuro Antonino Adorno, che ai tavolini del Tripoli passava per uno di quelli che avevano buona memoria, dopo il cavaliere, s'intende «soltanto che ora la ragazza la vedete com'è. E non ci si crede che è venuta su così».

In quell'ora, nell'ora in cui il sole scendeva fino a infiammare di rosso i tetti dei palazzi, Nunzia passeggiava decisa, insolente, senza guardare nessuno. Di tanto in tanto una delle spalline del vestito chiaro scendeva sul braccio, ma sembrava che a lei importasse poco, soltanto che quella spalla scoperta sembrava aver fermato la città, dal Tripoli fino a chissà dove. Ma al Tripoli l'avevano vista meglio di tutti. Perché lì la Nunzia sembrava che quasi volesse entrare. Secondo Antonino, il tipografo, tutti dicevano qualcosa, poche parole, quasi che la conversazione li potesse distrarre, e offuscare quella visione.

«Chi ha buttato il quattro di coppe?»

«Io, Gaetano, tocca a te.»

«Aspetta.»

«Ma è proprio la sorella giovane?»

«Sì, ma quanti anni tiene?»

«Diciotto?»

«Meno, meno... tredici.»

«Ma che dite, briscola a coppe, sedici ne tiene.»

«Sembra che ha *l'età perfetta*...»

Se ora ci penso ho ancora fissa nella mente quella perla, che si sposta di poco, dentro quella fossetta che Nunzia aveva tra la spalla e l'osso della clavicola, e si muove perché il suo corpo si muoveva come un'onda. E poi la sensazione di quella pelle, di quella carne che sembrava tesa come un tamburo. Non mi guardò mai Nunzia. Per tutto il tempo i suoi occhi restarono chiusi e potevo vedere quelle ciglia lunghe che vibravano.

Del resto con Francesca preferii tacere, per quanto lei ostentasse curiosità e indignazione. Per quanto anche Francesca vide la camicetta che volò per un tempo che a tutti parve infinito.

Nessuno può spiegare come fosse che la camicetta prese a gonfiarsi al vento come una delle vele dei tre alberi che arrivavano per Neumark; si gonfiò e passando più volte davanti al sole sembrava scomparire bruciata dalla luce che la rendeva trasparente come una medusa. E Totò che si attardava a sistemare il frutteto, si fermò proprio sulla scala appoggiata al mandorlo.

Ma anche gli altri cominciarono a uscire dal porticato a guardare quello strano oggetto che volteggiava lento, e schivava le cime degli alberi più alti, come sapesse già dove andare a posarsi quando sarebbe venuto il momento.

Quanto durò quella scena? Chi dice più di quindici minuti, chi mezz'ora. Ma può una camicia di seta volare per più di mezz'ora senza finire sul prato? No che non potrebbe, ma fu così, perché tutti lo raccontano nello stesso modo.

E il sangue? Chi disse che c'era una piccola macchia di sangue sul davanti? Maria Rosaria, di certo, che andò a raccogliere la camicetta, non prima di aver lanciato uno sguardo a tutti gli altri che erano rimasti immobili. Maria Rosaria fece pochi passi verso il melograno e prese la camicetta che nel volo era riuscita a non impigliarsi tra i rami e a cadere ai piedi dell'albero, stesa come un lenzuolo esposto al sole. Così quella povera donna rimase immobile per una frazione di tempo, poi con entrambe le mani, quasi fosse la Sacra Sindone, la sollevò portandola verso la casa.

Fu allora che tutti guardarono la finestra aperta, l'ultima del lato occidentale, e giurarono di aver sentito qualcosa.

La storia della camicetta aveva fatto il giro della città, e di voce in voce il volo si faceva più lungo, e le macchie diventavano due all'altezza dei capezzoli, come fossero ciliegine, e poi tre, quattro, e a strisce. E si disse che quella camicetta era volata fin sopra il muro di cinta del palazzo, che era stata vista attraversare la piazza del Duomo come un airone, e tuffarsi in mare; lì sarebbe andata persa se non fosse stato per un pescatore che stava ritirando le reti, e che si stupì di trovare tra i suoi pesci un indumento di tale pregio.

E tutto questo non sarebbe di certo accaduto se Nunzia, che a seno nudo si sporse subito dalla finestra per riafferrarla, fosse riuscita nel suo intento; ma così non fu, e dovette rassegnarsi al giudizio di un'intera città. E se al caffè Vittorio le chiacchiere rifuggivano da un ordine preciso, perché lì la vita moderna era entrata con più decisione, al Tripoli l'aria era più accademica: non c'erano ragazze che parlavano di vestiti e acqua di Colonia. Al Tripoli gli uomini parlavano meno e sapevano tutto. Allora quella camicetta era volata quel tanto che bastava perché finisse in giardino, e la Nunzia si era spogliata da prima, e Lucia, che era una santa ragazza, lo aveva detto a tutti: i vestiti stavano tutti là fuori, per il corridoio, incominciando dalle scarpe che erano sullo scalone, per finire con la camicetta, appesa alla finestra aperta. Ed era stata la Lucia a raccogliere tutte le cose quel pomeriggio, ma non la camicetta; e noi due stavamo ancora nella stanza, e quello che Lucia ha sentito però non l'ha detto.

Ma il sangue non c'era, perché Nunzia la camicetta l'aveva tolta prima, quando mi stava aspettando. La storia del sangue la disse poi qualcuno che in casa aveva visto Nunzia scendere di corsa le scale; ed era nuda, con un segno rosso sul seno, e doveva essersi rivestita in fretta, perché il cancello si richiuse in un baleno, e tutti avevano visto Nunzia affrettarsi sulla via e voltare l'angolo in fretta.

Nunzia quel giorno – *un mare d'onde come corvi neri i suoi capelli* – portava un paio di scarpe con i tacchi. Anche se nella sua passeggiata non c'era nulla di ostentato, vestiva soltanto con più eleganza di quanto si dovesse, per quell'ora, e per quel passeggio. Ma se non avesse avuto quella strana aura che quel giorno pareva seguirla, nessuno avrebbe fatto caso più di tanto a un abbigliamento che metteva in risalto le curve, e un seno che qualche mese prima era soltanto un accenno. Se poi Antonino, il tipografo, era rimasto così colpito da quell'evento, c'era una ragione in più: «quegli occhi che parevano un rimprovero; neri che nemmeno il mio inchiostro più denso sembrava così».

Della collana di perle non c'era molto da sapere. Donna Franca indossava quella collana come tante altre, e non era un gioiello di particolare affezione.

«Pare la sua» aveva detto il cavaliere, stupito nel vederla al collo di Nunzia, con un effetto che sembrava una magia, per l'ora, per il modo di camminare, per quella strana incongruenza: con i ragazzini che strillavano, uno scirocco che soffiava quel poco che bastava a far arrivare sera, gli abiti consumati, i bicchieri in vetro spesso sui tavolini dei caffè, i negozi di biancheria con le cose ammassate, bui e piccoli; e poi il Sali & Tabacchi con la serranda sempre abbassata, perché il sole gli batteva tutto il pomeriggio proprio sulla porta che sembrava di stare in un forno. E qualcuno nelle vie più decrepite, quelle dietro il Duomo, dove si buttava dalla finestra l'acqua sporca e la sera anche di peggio. In tutto questo era apparsa Nunzia: *terrificante come insegne in campo*, e pareva una divinità inaccessibile.

Qualche giorno dopo sognai quello che mi era accaduto in quei pomeriggi. Sognai la porta che si apriva di quel poco che bastava per mostrare il corpo di Nunzia. Sognai la camicetta che volava, e io la rincorrevo per il giardino, poi uscivo e andavo per le strade, e non c'era nessuno, fino al mare, e là mi perdevo perché la camicetta si trasformava in una vela, e andava a confondersi tra le barche che si allontanavano. Sognai anche della collana di Nunzia: che si era rotta, e le perle si perdevano tutte. Poi c'era mio padre, che arrivava con Ninetta, eravamo tutti dentro il palazzo e si fece uno strano silenzio. Finché cominciarono ad arrivare le note di una fisarmonica, pareva una tarantella, però più lenta: uscii sul balconcino e c'era Vito seduto sul suo sgabello, con la fisarmonica che pareva un bruco.

Da bambino, quando andavo dagli zii, avevo paura di Vito: che era un mendicante di cui nessuno sapeva l'età. Dicevano che avesse cinquant'anni, tutti lo chiamavano Vito, ma chissà quale era il suo vero nome. Era zingaro, e mia madre diceva che aveva la faccia che assomigliava alle statuette del presepe. Vito suonava tarantelle ai matrimoni. Poi accadde la storia con Ninetta, che Ninetta doveva avere l'età di Nunzia, ed eravamo a Paternò dai miei cugini. C'era la festa della Madonna del Carmine, e Ninetta stava su uno spiazzo dietro la chiesa del Gesù, dove c'era un'altalena. Ninetta volava sull'altalena. E Vito passava di là, con la fisarmonica in spalla. Aveva suonato e si era guadagnato qualcosa. Mia sorella venne di corsa a cercarci perché Vito si era offerto di spingere la sua altalena, e poi subito aveva cominciato a toccarla. Ma quando mio padre arrivò dietro la chiesa, di Vito non c'era traccia.

Guardai Ninetta e pensai al trambusto, al pericolo che aveva corso con Vito. Da quel momento lui mi parve ancora più fosco e deforme di quanto in realtà non fosse. Ma non si vide mai più, fuggì via con un cavallo rubato, il più bello che c'era in paese. Sapeva scegliere i cavalli, Vito. Io sognai la sua fisarmonica, e Nunzia che andava e veniva sull'altalena. E quando volava verso il cielo apriva le gambe e mandava la testa indietro. E Vito suonava, e più suonava, più il suo sguardo assumeva una smorfia eccitata, e Nunzia arrivava sempre più in alto, che quasi si capovolgeva, e la musica era forte.

Quanto durò la passeggiata di Nunzia per la città? Nessuno sapeva dirlo, perché sembrava avesse fermato il tempo, e anche perché il suo passo era lento e leggero, e c'era silenzio. A parte il cigolìo di una persiana che si apriva, e quella vecchia donna pronta a sporgersi per richiudere subito. Io uscii dal suo portone che la città era spenta. Quando passai davanti al Tripoli non c'era più nessuno. Soltanto un signore piccolo, appoggiato al muro, che mi disse: «Professore, volete favorire?» mi indicò il bicchiere e fece un segno al ragazzo del bar. Ringraziai e fermai con un cenno il barista che aveva già preso la bottiglia. «Qualcosa d'altro professore: una granita, un caffè, una china?». Il signore piccolo mi guardava attento, come sapesse già che non avrei accettato. Bastò questo perché si dicesse che quella sera stavo scappando come un ladro, e che non ci fu verso di offrimi neppure un bicchiere.

In quei giorni tutto era fin troppo concitato: Totò arrivava presto la mattina e cercava di uscire sempre più tardi. Anche le donne di casa si muovevano senza sosta, come non riuscissero a trovare un modo di alleviare i propri sospetti. Persino Maria Rosaria, che teneva la casa da anni (ma in Germania non era voluta andare), pareva aver perso ogni buon senso.

Quando mi presentai il giorno dopo, fu lei ad aprirmi, e io chiesi di Nunzia. Non mi fu data risposta. Se ne tornò in fretta verso le cucine, e non tanto perché volesse esser scortese ma perché nel suo mondo queste cose non erano mai accadute. La Lucia avrà avuto vent'anni, e come si faceva a sopportare che venisse ogni giorno in una casa dove accadevano quelle cose? E poi Lucia non poteva rimanere a casa, perché la zia, ora che Assunta non veniva più, non voleva nessun'altra per le punture. Fu per questo che Maria Rosaria chiese a Francesca come dovesse comportarsi.

Francesca finse di non sapere e di non capire. E questo stupì tutti, Maria Rosaria per prima, abituata alle sue brusche risposte. Ma anche me: che cercavo Francesca da giorni e non trovavo un modo per parlarle. Voleva sfuggirmi, e fingeva che non stesse accadendo nulla. Non ci fu verso. Soltanto Totò mi si avvicinò con prudenza: «Sapete parlano di voi, in città. Ma passerà, anche se qui nessuno dimentica nulla».

Tutti vivevano con me il miracolo della Nunzia: che ormai era la donna della città, con quel modo di muoversi, di camminare, di mostrarsi a tutti. Ci voleva tempo perché questa storia passasse. Anche perché riguardo alla Nunzia molti si erano fatti i loro conti: innanzitutto quello zio di Palermo che voleva darla a un cugino suo, allora di soli quarantadue anni. Ma questo era prima, quando la Nunzia era solo un nome all'anagrafe. Poi quel corpo che si portava appresso era diventato un'altra cosa. Un anno ancora e tutti gli uomini della città avrebbero perso ogni remora; e pazienza che al solo pronunciare il suo nome don Gaetano si segnava anche due volte.

Come sarebbe diventata mai la Nunzia dopo un anno? Avrebbe avuto ancora quell'età perfetta come diceva il cavaliere? E cos'era l'età perfetta? Perfetta per cosa? Per l'amore? Che razza di apprezzamento era quello?

«Sembra una che ha l'età perfetta» aveva detto il cavaliere al Tripoli. E aveva poi spiegato a tutti: «Succede quando il tempo dimentica di chiedere il conto. Allora la natura che ha dato alla Nunzia tutta quella bellezza, ne approfitta, esplode, esce allo scoperto perché si sente invincibile. Mi capite? Ecco cos'è diventata ora quella ragazza, il frutto dei furori della vita, che a quell'età sono tremendi».

«Allora, se permettete, vanno sposate subito che quello sarebbe l'unico toccasana» disse qualcuno.

«Forse. Il matrimonio aggiusta gli eccessi della natura. E le persone le cambia. Sistema le cose come si deve» rispose il cavaliere al Tripoli, sorvolando sul dettaglio che lui, poi, non si era mai sposato.

«Ma allora quell'età che voi dite perfetta, è un'età che ha da passare al più presto?» chiedeva curioso Giovannino Imparato, una bella carriera al ministero del Tesoro.

Il cavaliere ebbe un moto di impazienza: «L'età

perfetta, per una donna, è come una malattia. Una febbre che va guarita. E la ragazza, la Nunzia, l'altro pomeriggio, pareva avesse quella febbre nel corpo. Avete visto la schiena come stava tesa? E il bacino? Quello dovevate notare, pareva disegnare un'onda che si perdeva nell'aria, una sinusoide. Una donna che non era ancora una donna un mese fa. Pensatela questa cosa, pensate che quella ha dentro un fuoco che esce dagli occhi e scende dentro fino alle caviglie».

Una sinusoide. La sinusoide era rimasta impressa a tutti. Che cosa fosse non lo sapeva neppure il collega di matematica. Ma a lui questa storia della sinusoide era arrivata. Glielo avevano chiesto cosa fosse la sinusoide, e cosa c'entrasse con il bacino. Capivano che aveva a che fare certo con qualcosa di attinente al peccato. Quel bacino come si muoveva davvero? Secondo un movimento circolare, flessuoso, morbido, che ti cancellava. Potevo capire il perché quella collana colpisse tanto: perché si appoggiava al collo come una corona; e pareva leggera, quasi avesse una sua grazia, una delicatezza che le impediva di appesantire quella meraviglia. Se non fosse stato per quel nodo, quel grumo di perle che stava proprio sul davanti e apriva un mondo dove per l'innocenza non c'era spazio. «Un conto in sospeso» aveva detto Giovannino Bonsignore, che era il più letterato di tutti. E non c'era da dargli torto. Persino i ragazzini che non avevano rispetto per nessuna femmina, e che cercavano di toccare le ragazze che camminavano per strada (così a loro era stato insegnato), non avevano osato avvicinarsi a Nunzia. E gli uomini, quegli uomini che sorridevano ammiccanti, che sapevano di essere i padroni di tutto, mostravano qualcosa di più del rispetto. Non c'era uomo capace di resistere a quella coincidenza della natura che aveva unito un corpo perfetto con l'esibizione di quel corpo.

> Io sono un muro di cinta di una fortezza
> e i miei seni s'ergono come torri:
> e ai suoi occhi sono come
> «una che ha l'età perfetta».

Cosa poteva capire mio padre, che arrivò a S. per chiedermi che avessi deciso della mia vita? Lui che credeva ci fosse un amor sacro e un amor profano. E il primo l'aveva vissuto con rassegnazione mentre il secondo con disprezzo; così aveva perso tutto.

Né poteva capire mio cognato Alfredo, che lo accompagnava senza spiegarsi perché mai un uomo del mio talento potesse perdersi dietro una ragazzina: ché le ragazzine stancano presto, e a lungo andare ti stancano tutte: giovani e mature. Lui poi, che una ragazzina l'aveva sposata, ci aveva fatto tre figlie, ma senza neppure accorgersene. Perché Ninetta diceva di Alfredo che non l'aveva mai fatta godere neppure una volta in tutti quegli anni.

Così quando arrivarono a casa mia, e non erano passati nemmeno tre mesi da quel pomeriggio, io fui paziente, sapendo quanto il destino era stato ingiusto con entrambi. Mio padre che finì per ignorare mia madre quasi da subito. Mio cognato a fingere di non vedere che Ninetta era infelice; anche perché vivevano come nomadi – due anni da una parte, tre anni dall'altra – e le amicizie, assieme alle città, si rinnovavano quanto le dicerie.

Loro potevano capire Nunzia? Una che ha l'età perfetta?

9

Venni a sapere che in città avevano visto quell'uomo. Era subito dopo che mio padre ripartì.

Papà lasciò casa mia e salì sull'Aurelia di Alfredo senza neanche togliersi il cappello. Mi disse che avrebbe fatto di tutto perché io tornassi presto a insegnare, e che ne avrebbe parlato con un suo amico, un senatore repubblicano che conosceva da poco, e che era molto influente presso il sottosegretario alla Pubblica Istruzione. Ma certamente questo sarebbe stato possibile soltanto se Nunzia fosse stata trasferita alla sezione C, che per di più era anche dall'altra parte della scuola, e si entrava e usciva dal portone su via Principessa Isabella. Era un'ipotesi naturalmente, nessuno mi aveva ancora sospeso.

Ero stato invitato da Spagnuolo, il provveditore, a prendermi un periodo di riposo, un paio di mesi, visto che c'era una supplente pronta, così con il tempo tutto sarebbe tornato al suo posto. E se proprio dobbiamo dire, quel mio periodo di malattia sarebbe stato meglio che io lo passassi da qualche parte, magari alle terme di Castroreale, per via di quelle sinusiti fastidiose che arrivano sempre con le stagioni miti, quando non te l'aspetti, e non soltanto d'inverno.

Spagnuolo non fece mai cenno a Nunzia ma parlò come si fa tra uomini. Solo che gli unici accenni erano tutti per Francesca che ora non aveva più una fama perniciosa, ma era diventata «quella ragazza con cui si diceva avevate una simpatia già dai tempi in cui era vivo il povero padre». Una ragazza, disse, «moderna. Ma sapete, quando succede che le donne sono intelligenti, lo sono più degli uomini, e vanno tenute con la briglia. Chissà cosa possono fare».

Spagnuolo mi diede l'indirizzo di una pensione, dove avrei potuto fare inalazioni e perché no, «purificare anche il fegato, che non guasta mai». Ma il biglietto rimase lettera morta nella tasca della giacca.

Fu proprio quel giorno che, di lì a poco, accaddero due cose che non potevano dirsi casuali. Il Provveditorato stava in piazza della Marina, era un mattino di vento. Feci la via del caffè Vittorio, comprai un giornale e andai a sedermi al tavolino. Lì non era come al Tripoli, nessuno ti disturbava invitandoti al suo tavolo. Quel giorno poi c'erano dei giovani in lambretta che parlavano seduti al tavolo d'angolo, quello affacciato su via delle Giravolte. Avevo l'impressione che uno dei ragazzi indicasse me, quando la mia attenzione si spostò su due signori anziani.

Il caffè Vittorio dava su un piccolo slargo, da lì si aprivano tre vie, come fossero tre punte di una stella. I due anziani stavano al centro dello slargo: ed erano abbastanza vicini perché io potessi sentire le loro voci. Parlavano di terreni da comprare, di bestie. Finché sentii uno dei due cambiare bruscamente discorso e interrompere l'altro con una domanda:

«Ma non è il tedesco quello?»

L'altro non disse nulla e cominciò a guardare verso l'angolo con la via che arrivava fino a Porta Napoli. Guardai anch'io, e d'un tratto si fece silenzio. Anche i ragazzi e le ragazze non parlavano più, e tutti guardavano nella stessa direzione. Lì un uomo stava allontanandosi di gran passo, per quanto paresse affaticato. Portava un cappello con la visiera, e un vestito che non riuscii a vedere bene, ma che aveva un che di strano. Guardava avanti, senza curarsi di nulla, e per poco non mandò a gambe all'aria una donna che usciva da un crocevia. In pochissimo, molto meno di quanto le mie parole possano dire, del tedesco non c'era più traccia: ma era andato nella direzione del palazzo di Francesca e Nunzia. Mi alzai e presi la strada in cui avevo visto quell'uomo scomparire, girai per la via di Santa Croce e presi ancora il vicolo che portava alla casa, ma era scomparso.

Soltanto allora mi venne in mente un episodio a cui non ero mai tornato, degli anni in cui vivevo a Tubinga. Capii che quel viso io lo avevo conosciuto. Cominciai a ricostruire: ero certamente in quella birreria che sta subito dopo il ponte sul fiume, verso la stazione. Ci andavo spesso in quel periodo, passavo qualche ora. Quella sera chiesi una birra rimanendo seduto al bancone. Accanto a me c'era un uomo che pareva uscito da un romanzo d'avventure. Prima che riuscissi a vederlo in faccia notai le sue mani, che impugnavano un boccale da un litro: erano segnate, forti, le unghie un po' annerite; avevano qualcosa di nobile, come fossero quelle di un violinista, ma a giudicare da com'erano ridotte mi pareva che fossero condannate al lavoro manuale.

Pensai che quell'uomo era un eccentrico. Portava un giaccone pesante, scuro, con il bavero alzato che gli copriva le guance, e un cappello da marinaio che finiva per nascondere il resto del viso. Era alto, molto più alto di me, e pareva forte. Si voltò e mi guardò senza dire nulla: finì il primo boccale e ne ordinò subito un altro. Fui come intimorito da quello sguardo insistente, e presi un libro dalla tasca della giacca.

Lui notò che il libro non era in tedesco. E mi chiese di dove fossi. Risposi che ero italiano, e che insegnavo la mia lingua all'università. Mi guardò ancora, e riprese a bere. Io tornai al mio libro, ma non riuscivo a concentrarmi: quegli occhi mi stavano fissando con troppa insistenza. Richiusi e tornai a mettere in tasca quella raccolta di poesie che avevo cercato di leggere.

«Vi do fastidio?» chiese in italiano.

«No, ma voi parlate la mia lingua» risposi stupito.

«Ho viaggiato molto.»

«Anche in Italia?»

«Sì, un po' ovunque.»

Ordinò un altro boccale, poi guardò il birraio e disse: «Dài un'altra birra a questo giovanotto».

La curiosità era forte. Chi era quello strano individuo che per le strade di Tubinga non avevo mai visto prima? Feci per chiederglielo, ma lui mi anticipò: «Volete sapere cosa faccio? L'architetto. E viaggio per il mondo». Poi, come parlasse a sé stesso: «Non sono di quelli che costruiscono palazzi o musei, io sono un architetto, è vero, ma di labirinti. Un giardiniere: lavoro per ricchi signori perché possano perdere il senno nei disegni che io metto assieme per loro. Sono come Dedalo».

Credevo fosse pazzo, e certo lo avevo visto bere molto. Ma come bruscamente mi aveva rivolto la parola, così decise di congedarsi. Disse qualche cosa in una lingua mai sentita, poi, come avesse avuto uno sprazzo di lucidità, se ne andò contrariato da se stesso. Non avevo mai collegato quella figura d'uomo, che scambiai per un ubriaco bizzarro, con Hans Christian Neumark, di cui credevo di sapere molte cose. Ma come spesso accade, mi bastò soltanto quell'apparizione per ricordarmi l'episodio: il profilo del naso che scendeva dritto come fosse disegnato da un bambino, quei vestiti scuri e vecchi, e poi quel modo di camminare, lo stesso che gli avevo visto mentre usciva dalla birreria.

Neumark non era un uomo facile alle confidenze, e non era certo tipo da rivolgerti per primo la parola. Nessuno in casa sapeva molto di lui. Da che genere di famiglia venisse, che studi avesse fatto, ma soprattutto come avesse imparato l'arte di pensare un giardino. Non aveva referenze, e Maria Rosaria diceva che Neumark era il demonio, e il demonio arriva dal nulla.

In realtà, lasciando da parte le paure di Maria Rosaria, che erano numerose quanto le sue virtù, di Neumark il professore sapeva abbastanza. Era famoso a Tubinga, ma anche a Heidelberg, e il padre era capitano di una nave, e aveva viaggiato per le isole del Pacifico. Si diceva che Neumark proprio in quelle isole avesse imparato quanto fosse difficile dominare la natura. Proprio per questo volle farsi architetto di giardini, per avere l'illusione di tenere a bada quelle forze che in certi luoghi paiono incontrollabili. Questo Neumark raccontò un giorno a Francesca.

«Hai visto Totò» mi disse Francesca pochi giorni dopo il mio arrivo a S. «Sembra stregato. Prima non era così, era allegro. Scherzava pure. Dopo che arrivò quell'uomo Totò cambiò. Ancora adesso parla poco, e vorrebbe morire nel giardino. Sembra che lo aspetti. E non soltanto per quelle storie che capitavano tra loro».

Ora sapevo di aver conosciuto Neumark. E potevo capire meglio le parole di Maria Rosaria, i silenzi di Nunzia. Totò, muto nel rispettare i dettagli di quel progetto. E Donna Franca malata e febbricitante ad aspettare che il prodigio del giardino arrivasse a compimento, impaziente, e negli ultimi mesi furiosa perché quelle navi tardavano ad apparire all'orizzonte. E Francesca a fuggire via, in Francia, a studiare l'ipnosi. A fuggire da questa città: di vecchi avvocati e nuovi mestieri; con quelle ciminiere che sembravano dei nuovi campanili.

Erano venuti anche i ministri a dire che in quell'area si stava compiendo il miracolo dell'industrializzazione del mezzogiorno. E quel giorno alle raffinerie Rasiom il cavaliere si era visto con Giulio Pastore, che era vicepresidente di Fanfani per la Cassa per il Mezzogiorno. E gli articoli dell'"Indipendenza" parevano entusiasti di quanto stava avvenendo più a Nord, dove c'era il passato e c'era il futuro: dicevano pure che là sotto, sotto le raffinerie avevano trovato un santuario di Megara Hyblaea. Ma era rimasto sotto. E il cavalier Corpaci poteva giocare le sue partite al Tripoli con più tranquillità, il suo giornale godeva di buona salute anche se le copie vendute non erano molte. Ma il cavaliere aveva trovato la strada giusta appoggiando la politica del governo, e soprattutto di quelli che in città avevano interessi forti.

Nonostante la città stesse cambiando volto, e il lavoro cominciasse ad arrivare, il cavaliere non aveva perso l'abitudine della partita a carte con gente che aveva tenuto le proprie terre belle strette, e che poteva vivere nel benessere sfruttando soltanto i propri frutteti. Per quanto poi si lamentavano che Rumor, che era all'Agricoltura, pensava soltanto al suo Nord, e dai proprietari terrieri del Sud proprio non ci andava.

In questa città divisa tra la diffidenza per quell'industria e un mondo immobile da sempre, il sesso pareva presiedere ogni discorso, specie quando non veniva nominato. Un'ossessione accennata, ammiccata, mai espressa fino in fondo.

La Chiesa arbitrava ogni cosa aggiungendo un sapore fosco ai discorsi che si svolgevano ovunque. Su

Francesca e Nunzia certo, ma soprattutto su quel pervertito di Neumark: un malato di mente senza dubbio, che aveva corrotto anche quel poveraccio di Totò, che una fidanzata l'aveva pure, e lei, quando Totò non volle vederla più, non usciva di casa dalla vergogna. «Ma, dico io, di quale colpa si deve vergognare l'Angelina, lei che poteva sapere?» ripeteva la madre della ragazza.

Già, che poteva sapere la povera Angelina, che si era fatta magra magra per il dispiacere. Lei che pensava al matrimonio. E suo padre per Totò si era fatto in quattro, era andato da un politico, giù sulla piazza della stazione a chiedere di assumerlo al petrolchimico, che «lì d'inverno non grandina». Ma Totò di questo favore neanche l'ha saputo. E l'avessi visto il padre dell'Angelina, con il cappello in mano, seduto, che aspettava. Con quella ragazza, la segretaria del senatore, che portava quella gonna corta. E lui si chiedeva se era giusto che stava in quella stanza, da solo, con una ragazza che gli faceva vedere le gambe anche sopra il ginocchio. Domande inutili: Totò ci mise poco a finire ostaggio della famiglia Pirandello.

E pensare che quel giorno a casa mia, seduto accanto a mio padre come fosse un angelo custode, mio cognato Alfredo chiedeva di continuo se «quei Pirandello erano gli stessi della famiglia dello scrittore».

«No» disse mio padre, che non sapeva ancora cosa avrebbe raccontato a mia madre di tutto quello scandalo «sono industriali».

E Alfredo impressionato: «Quelli del metano?».

«Non sono industriali» replicai «vivono delle loro terre».

«A me avevano detto diversamente», rispose mio padre. Poi sbottò: «Oggi qui tutti fanno soldi con le industrie. Me l'hanno offerto di entrare nel cemento. Lo fanno sotto Augusta. Ma io niente, anche tua madre non era d'accordo».

Quel giorno finì così, con mio padre che si perse a ragionare se quei soldi doveva metterli nei nuovi affari, oppure tenerli dove stavano: «che poi dovevo vendermi l'agrumeto, sennò a quella cifra non arrivavo. Ma secondo te» mi domandò tenendomi la mano sulla spalla mentre si avviava alla porta, «secondo te potevo vendere l'agrumeto dell'Acquarossa? No, vero? Ecco, lo dicevo io. Ma sentissi tua sorella! Diceva che tua madre non è capace di consigliarmi. Che in quelle cose dovevo mettere i soldi. E che all'agrumeto l'anno scorso gli era venuto il mal di cenere, lo sapevi no? E che non erano buoni come una volta...». Poi quasi fosse stato svegliato ancora: «Ma adesso cosa succede con quella ragazza? Te la devi sposare?».

L'avrei sposata, e non per riparare qualcosa che non pensavo di aver fatto. Soltanto perché l'amavo, o almeno credevo si trattasse di questo, e soprattutto mi accorgevo che non ero capace di stare senza di lei. Per la verità fu Ninetta a farmi notare che anche Francesca dichiaravo di amare, ed era bastato un telegramma per farmi correre in Sicilia, quindici giorni dopo aver detto che io, lì, non avrei certo vissuto più. Ma questa volta era diverso, rispondevo. E poi Francesca era cambiata, non era più la donna che avevo conosciuto a Tubinga.

Francesca si era ripresa il passato di quella casa, il suo mondo; lo aveva fatto d'improvviso e con decisione. E così più il tempo passava, più il palazzo si faceva suo, e cominciò, un paio di volte la settimana, a far visita anche alla vecchia zia.

Anche su Neumark era sceso un silenzio sempre più reticente. A cominciare da quel giorno, quello in cui il tedesco apparve come un fulmine che attraversava la piazza. E io mi alzai, come a rincorrerlo. E non vedendolo arrivai fino al palazzo: sicuro che fosse tornato lì. E mi aprì proprio Francesca, con un'espressione del viso che non le avevo mai visto. Chiesi di Totò. Chiesi se si era affacciato al portone un uomo che qualcuno in piazzetta aveva chiamato il tedesco.

Lo sguardo di Francesca si era fatto severo; Totò si era affacciato dal portico attirato dalla mia voce. Capii che un muro ci separava, e che soltanto Nunzia poteva spiegarmi, se mai avesse voluto. Ma di Nunzia non chiesi, e seppur senza entusiasmo, Francesca mi invitò a bere il caffè che Maria Rosaria stava per servire.

Qualche giorno dopo Francesca mi disse che una lettera del professor Hieber di Monaco, che fu amico del padre e aveva presentato Neumark a Donna Franca, li informava della morte del giardiniere in un naufragio qualche mese prima.

Però Francesca mentiva.

10

Neumark svanì nel nulla, sparendo per le strade senza che nessuno se ne curasse. Neumark era tornato altre volte a visitare il giardino dopo la sua partenza, e in segreto. Totò era il custode, Neumark era il demiurgo. Quando era ancora in città nessuno aveva mai pensato di avvicinare il tedesco, neppure di parlargli. Era un uomo che non entrava nemmeno nei pensieri di gente come il cavaliere, o dei giovani del caffè Vittorio. Neumark era un professore per loro, un professore esperto di piante, che forse andava con gli uomini. Ma finiva lì, quello era tedesco, o chissà che altro, e con la città poco c'entrava. Peccato per quel Totò, che pure era un bravo figlio. Ma come dicevano spesso Pippo Parlato e Salvatore Cultrera: «quando c'è la tara prima non te ne accorgi. Ma poi viene fuori». E Totò non era riuscito a nasconderla la sua tara. Per quanto la vicenda fosse scandalosa e se ne parlasse a bassa voce, finiva per incuriosire soltanto gli uomini. Le donne parevano più interessate alle due ragazze: da quelle ci si poteva aspettare veramente di tutto. Anche perché poi il palazzo stava a due passi dai tavoli del Tripoli, e cosa ci voleva a farci un salto dopo una mano di briscola?

Dopo la passeggiata di Nunzia, era fuori di dubbio che molti in città cominciavano ad avere preoccupazioni per quella immorale situazione che imperava, come un'isola del vizio, proprio nel centro di un pio e cristiano luogo. Qualcuno, Amelia Scalia innanzi tutto, moglie dell'avvocato, diceva che non era pensabile avvenissero cose indecenti a due passi dalle chiese di San Martino, di Santa Lucia e soprattutto dal convento di San Francesco: che in certe ore, d'estate, quando il caldo del primo pomeriggio mette tutto a tacere, a starci attenti si potrebbero persino sentire le voci che provengono dal palazzo.

Amelia Scalia aveva ben da preoccuparsi, visto che suo fratello era stato parroco proprio a San Martino, e il nipote più piccolo, Marcello, era chierichetto al Duomo. Che poi le signore della città, e non solo le beghine parenti di vescovi, preti e onorevoli, si interessassero non soltanto a Francesca, ma anche a Nunzia, era una novità degli ultimi tempi. Perché Nunzia prima della passeggiata era soltanto la sorella piccola. E dopo un'idea fissa per buona parte della popolazione maschile della città. Per cui mentre la Francesca era bella, bionda e pericolosa come il morso della tarantola. La Nunzia pareva fatta per tutt'altro.

Così le cose cambiarono, e prima di tutto cambiarono per me, che fui allontanato («una piccola precauzione, professore», come mi disse il preside) per l'intervento indignato della professoressa Sciuti, che insegnava storia dell'arte. E non certo da Sarullo, che dopo quel prudente discorso in sala professori, si era ben guardato dal tornare a parlarmi. Non sia mai che fossi venuto a sapere di quella storia della zingarella. No di certo, fu la Sciuti, una donna piacente, «con tutte le cose in ordine», dicevano a scuola.

Fu la Sciuti a parlare per prima con il preside della «storia che tutti in città sapevano. E di quella Nunzia, già gravemente colpita dalle disgrazie, e poi da certe corruzioni di famiglia di cui chissà cosa un giorno verremo a sapere. E poi mi hanno detto di quelle parole recitate in classe, di quei versi detti in modo così indecente. E poi, signor preside, sapete della passeggiata?» aveva aggiunto la Sciuti con fare complice, mentre il preside non riusciva a stare fermo un momento «Io le dico che non l'ho vista, ma l'avvocato Scalia, che lavora per mio marito, sì che l'ha vista. Diceva che se fosse uscita nuda, nuda dico, certo era meno vergognosa».

Il preside borbottava ma la Sciuti non aveva dubbi. Sarebbe stato uno scandalo se le ragazze avessero avuto un padre o una madre: «Ma così no, è meglio il silenzio. Se poi si parlasse con don Gaetano, o con padre Alessandro. Se fossero loro a entrare in quella casa, per capire. Forse non tutto è perduto». Riguardo al professorino, quel giovane strano: «Sapeste quante volte è stato invitato alle feste, e poi da Catania dicono che è pure un buon partito. Il padre è conosciuto. Ma lui, niente, come un eremita. Soltanto lì in quella casa lo vedono. O a bere un bicchiere con il monco. Quello della tipografia. Ma vi pare naturale?».

Certo che di inviti ne avevo ricevuti. Anche troppi, ma dopo quel fatto non arrivavano più. Il preside, da parte sua, fece quel che doveva. E la professoressa Sciuti, quando mi incontrò proprio all'altezza della sartoria, finse di non vedermi. Lo scandalo era dunque scoppiato, ma con qualche esitazione. Persino la Pinuccia, che prima di allora mai aveva osato guardarmi o rivolgermi la parola, si fermava accanto a me, mentre guardavo le vetrine dei negozi, aspettando qualcosa.

Ero carne debole. E per tutti: per la Pinuccia che si voleva far pagare e per le signore pronte a indignarsi per come va il mondo. Se non ero carne debole, certo non tornavo in Sicilia a cercare Francesca. Se non ero carne debole, non mi rimaneva impressa nella memoria Nina che saliva sull'altalena, avanti e indietro, con quella fisarmonica che mi è rimasta nelle orecchie, e non riuscivo a liberarmene. Sentivo quella musica e Nina che rideva.

Quella risata l'aveva sentita anche Vito; Vito lo zingaro dico, quello che mi faceva paura. E poi quella corsa di mia madre a portarsela da un'altra parte, per nascondere quello che aveva visto. E l'aveva cambiata dai Bellantoni, che avevano una casa dietro il Duomo, a Paternò. E nessuno parlò più di quella cosa, ma Ninetta sull'altalena non c'era più andata. E Vito scomparve. Senza che si capisse come. Mentre Ninetta si era lavata e per tutto il viaggio di ritorno non aveva detto neanche una parola.

E neanche mia madre voleva dire qualcosa, che mio padre chiedeva, e lei niente, a dire che avrebbe parlato con suo fratello, lo zio Anselmo, che Vito lo conosceva. Ma Ninetta guardava dal finestrino della macchina e sembrava un'altra. Pareva che il cielo si fosse oscurato, e la vita le avesse tolto gli anni che la separavano dal rancore che molte donne qui coltivano presto, per quegli uomini che sposano e non valgono niente. Così Alfredo, suo marito, così tanti altri mariti, perduti dietro la Nunzia, che gli anni non ce li aveva e basta. Ma passeggiava come nessuna aveva mai fatto.

Mentre Francesca si stava preparando a fare di quel giardino quel che voleva, e di quel palazzo un luogo negato a tutti. Anche Totò ora le obbediva come un soldatino. Persino Maria Rosaria cominciava a capire che il guado era stato attraversato, anche da come le dava gli ordini, precisi. Perché Francesca non voleva che si portassero via le tappezzerie di sopra, e aveva chiesto di Alvaro, il figlio grande del tappezziere, per far tornare tutto come doveva essere. Anche «quel giardino» sarebbe tornato com'era un tempo. E Totò aveva poco da opporsi.

D'altronde Totò era solo. Neppure Maria Rosaria amava quell'opera d'arte: e quel giorno che vennero per tagliare la siepe che disegnava il labirinto era felice. Il labirinto di siepi non piaceva a nessuno. Soltanto Nunzia, che era una bambina, ci passeggiava all'infinito, seguendo i percorsi delle siepi, fino a non trovare più l'uscita: era il suo unico gioco. E Donna Franca diceva che non dovevano farla andare perché i labirinti accendono desideri che non sono sani. Dicevano che Neumark guardasse Nunzia camminare per i corridoi di siepi dalla sua finestra con la soddisfazione di chi aveva messo a punto un capolavoro.

Al centro doveva esserci l'albero: quel melograno che arrivò per ultimo. Un melograno incorniciato dal disegno di siepi di bosso alte due metri. E Neumark diceva che il disegno di quelle siepi sviava la mente, più lo guardavi più non riuscivi a fare a meno di pensarci: entri e cammini all'infinito, sperando di non trovare mai la strada per uscire.

Ora il labirinto non c'è più. Donna Franca, in punto di morte, ordinò di distruggerlo. Prima che arrivasse quel gigantesco melograno, che superava i dieci metri e dicevano avesse un'età veneranda: anzi, che fosse il più antico melograno del mondo, con le radici che arrivavano quasi al mare. Quel labirinto fu distrutto, e venne lasciata soltanto la siepe che avrebbe incorniciato il melograno al centro del giardino. Fu Totò a decidere così, per non cancellare del tutto quel disegno. Ma Nunzia ormai non passeggiava più per quelle pareti di siepi che seguivano una trama ordinata dalle divine proporzioni.

Ma erano cose così. Figurarsi quanto poteva interessare al Tripoli delle divine proporzioni del giardino; là guardavano ad altre proporzioni, anch'esse divine e terribili come esercito schierato in battaglia.

«Io a quella non ci posso nemmeno pensare. Con rispetto parlando, professore» confessava il tipografo «voi fate presto a dire. Ma stanno tutti ad aspettare che la ragazza passa un'altra volta. Una ancora. Dicono che basta una ancora e vanno a morire in pace. A voi professore vi rispettano. Il cavaliere per primo, lo vedo che parla di voi come di uno che conta. Sono le mogli che dicono che queste cose non si fanno. Sapete com'è, cose che si pensano loro, da sole. E poi dicono che Nunzia non ha gli anni. Loro dicono così».

Nunzia gli anni non ce li aveva, ma passeggiava come una principessa; e questo lo sapevano anche le mogli. Così non bastava più che Nunzia fosse una ragazzina, e neppure che sua sorella apparisse come una donna estranea, da tenere a distanza perché, e qui la professoressa Sciuti aveva alzato la voce che si era sentito tutto: «chi ci poteva discutere con quella lì? Era come suo padre, altezzosa. Che poi, signor preside, il professor Pirandello altezzoso sarà stato, anche lui certi difetti li aveva, come tutti: a cominciare da quel figlio disgraziato che ora fa il gommista per la strada del Belvedere. Non lo sapete?».

E figurarsi se non lo sapeva. Chi non lo sapeva? Bella disgrazia quella. Una vita da fame, dicevano. E poi quel lavoro con le automobili, che se ne venderanno sempre di più, perché, come diceva Antonino, il tipografo: «Persino là ad Augusta vogliono mettere dei tubi che arrivano fino all'Africa, sotto al mare, e questo perché noi il petrolio non ce l'abbiamo. Anche se il cavaliere scrive sul giornale che questo Mattei ci aveva promesso che diventavamo ricchi, ma stiamo ancora aspettando. Non è vero professore che il petrolio noi ce l'abbiamo? Che sta qua sotto?».

Antonino non aveva più l'età per il posto alla Esso, o alla Rasiom come tutti ancora la chiamavano: non aveva l'età per niente. E il cavaliere scriveva articoli che parevano suggeriti da qualcuno. Almeno così si diceva in città, ma questo Antonino non lo sapeva. Lui aveva fermato la sua vita lassù, sulle pareti del Pasubio. E non in combattimento, sia ben chiaro; mentre costruivano la strada, che c'era la galleria da fare. Con quelle pareti a strapiombo che se lanciavi una pietra non la sentivi più arrivare giù. E a lui, Antonino, la mina gli scoppia per sbaglio a tre metri, e il braccio gli finisce giù, meno male che non ci è finito lui giù per la parete al posto del braccio. Questo era il suo rimpianto, e questa «storia, professore non la dico volentieri, sapete, mi hanno dato la medaglia d'argento, perché di gallerie su quella strada se ne erano fatte cinquantadue. Però l'avessi perso alla baionetta, contro l'austriaco, la medaglia me la davano d'oro. Invece, così, poi mi dicono che era solo colpa mia, che non ci ero stato attento. Era vero, ma sapete quando la stanchezza ti piega le gambe, come se ti fossero saltate anche quelle».

La storia del tipografo non interessava a nessuno. La guerra vera era l'ultima, quella con gli americani e i fascisti; il Pasubio neanche sapevano cos'era. Però, come succede nelle città piccole, tutto si dimentica e rimangono solo le malignità. Così quel poveretto era rimasto senza un braccio, che lui diceva «in guerra», ma stava scavando una galleria. E pure la medaglia gli avevano dato. E la pensione.

Figurarsi quando in molti capirono che proprio lui, il monco, ne poteva sapere più di loro; perché così doveva essere, sennò che ci faceva Antonino con il professorino, tutti e due con il bicchiere di amaro. Se non sapeva lui cosa accadeva in quella casa, a chi dovevano chiederlo? A quelli del Circolo cittadino dove nessuno mi aveva mai visto, nemmeno per una partita di bigliardo? Così Antonino veniva interrogato, certo, ma con quel fare spiccio che si deve a quelli che non contano niente. Lui però non sapeva che dire.

«E dài Antonino, non venne da te la prima volta? Quella dell'annuncio. Appena arrivato no? E che cos'è che è successo? È tornato altre volte?»

E il cavaliere, invidioso che Antonino fosse così al centro dell'attenzione: «Eh, l'annuncio, me lo ricordo. Guardavo il giornale, e cominciai a leggere la frase. Non capivo, sapete, non capivo per davvero».

«Attilio, lasciate dire ad Antonino,» interruppe Giovannino Bonsignore «Antonino, ma secondo voi, perché l'aveva messo quell'annuncio? Era un modo loro, tra loro dico, per intendersi? Che vi disse, vi parlò subito delle due ragazze?».

Antonino scrollava le spalle e rispondeva a monosillabi, intimidito.

«Antonino qualcosa la devi sapere.»

Antonino faceva bene a scrollare le spalle perché non sapeva molto. Né lui, e neppure io, che quel giorno mi venne l'idea che ero appena sceso dal treno, e stavo alla stazione. Non sapevo neppure che c'era un giornale. Lo vendevano all'edicola, fuori dal binario, e lo strillone mi aveva detto: «Compratelo signore, lo leggono tutti». Fu così che pensai di annunciarmi a Francesca in un modo diverso. Senza andare a suonare il campanello di un palazzo che dopotutto mi intimidiva. La Germania era lontana, e la Sicilia aveva regole che conoscevo bene. Erano lontani anche quei pomeriggi passati con Francesca a leggere il *Cantico dei Cantici*. Per questo quando arrivai a S. decisi di annunciarmi con quei due versi.

<small>Soffiate sul mio giardino.
Esalino i suoi profumi.</small>

Ma ero stato io a scegliere il *Cantico* come una nota a margine della mia passione per Francesca? O invece fu lei a leggermi la prima volta qualche verso dal latino: «Tota pulchra es, amica mea, et macula non est in te». Pensavo di aver aperto io per primo quel volume. Invece fu Francesca a mostrarmi quel libro, un pomeriggio di pioggia che il Neckar non sembrava un fiume, ma una grande pozzanghera, e i platani fuori non si vedevano. Fu Francesca a prendere il libro, che stava in alto. E avevo dimenticato quel suo movimento che allora mi parve irresistibile, con i piedi uniti che si reggevano sulle punte e quel corpo che si tendeva fino a raggiungere con le braccia lo scaffale più alto. Avevo fatto mio un testo che mi arrivava da Francesca, ma soprattutto mi arrivava da quella casa, da quell'*hortus conclusus*, dal giardino sbarrato da un cancello. E pensai che fosse una combinazione del destino, forse un segno divino.

Avevo incontrato Nunzia «terribilis ut castrorum acies ordinata», senza sapere che il suo melograno era quello del *Cantico*, che il suo giardino era quello di cui parla il libro di Salomone: che i suoi desideri passavano attraverso quei versi, che proprio suo padre, il professor Pirandello, aveva tradotto e pubblicato subito dopo la guerra. Quella sua limpida passione per il poema che simboleggia le nozze tra Dio e l'umanità era passato alle figlie in modo diverso. Per Francesca un poema di sapore orientale, raffinato e curioso. Per Nunzia invece un modo in cui perdere la propria innocenza. Misi l'annuncio, ma ancora prima che uscisse stampato, Francesca sapeva che ero sceso alla pensione "Milano". E mandò Carmine, l'autista, con un biglietto. Non ho mai capito se l'annuncio servì a qualcosa. Certo in città si parlò di quei versi. E seppero subito che venivano da me.

«Il professore giovane era arrivato. Con il giornale dentro la tasca» diceva il cavaliere «Ma avevo pensato a una storia di donne sposate. Solo dopo abbiamo capito che il giovanotto frequentava quella casa, e le conosceva. Ma prima chi lo poteva pensare?».

«Ma tu Antonino lo sapevi, non è vero?» insistette Bonsignore, mentre il tipografo faceva di no con la testa. La discussione finì lì, perché al Tripoli entrò il questore Frassari, che raramente si faceva vedere in quel caffè, e il cavaliere si alzò in piedi per invitarlo al tavolo. Mentre tutti assumevano un contegno, il tipografo ne approfittava per allontanarsi.

Antonino non sapeva a chi era rivolto il mio annuncio, ma al Tripoli il discorso si era già spostato sul nuovo articolo del cavaliere, dove si parlava di quanto fossero aumentate le tasse della scuola: «un figlio al liceo costa 8500 lire l'anno. Non vi pare troppo, signor questore?». E con quel borbottìo di voci confuse anche quel pomeriggio prendeva a finire.

E Nunzia non era ancora passata.

11

Nunzia ripassò solo due giorni dopo.

Alle sette di sera uscì per una passeggiata. Mentre Francesca si vedeva sempre meno, impegnata a sistemare tutto quanto poteva del palazzo. Nel frattempo accaddero due cose nuove: Nunzia per quell'anno decise che non avrebbe più continuato a frequentare la scuola (ma fu promossa a pieni voti), mentre io di lì a un mese seppi di essere stato trasferito a Catania. Per la verità tentai anche di rimanere dov'ero, attraverso Ninetta che a Roma conosceva un certo Macaluso, del ministero della Pubblica Istruzione. Dopo che mi arrivò l'annuncio di trasferimento ricevetti una lettera del sottosegretario: diceva che si stavano interessando al caso. Ma ormai avevo deciso di tornare in Germania.

Sembravo un fantasma, a cui i galantuomini della città non potevano più rivolgere la parola: e non tanto perché ormai vedevo tutti i pomeriggi Nunzia, «come si faceva una volta con i bordelli». Ma perché non mi importava niente di arginare voci, o di condividere con loro questa avventura (e quando dico "loro" parlo di tutti: dall'umile tipografo fino al prefetto). Perché era vero che di storie con minorenni ce n'erano state in passato, e tutti scommettevano anche per il futuro, ma dovevano durare poco, esser troncate appena divenute pubbliche. Oltretutto c'era Francesca. Non ero io il fidanzato della sorella maggiore? E non era vero che la più grande era stata lasciata per la più piccola?

La dicerìa che io avessi rapporti non consentiti dalla morale con Francesca e con Nunzia (ma forse con Francesca e con Nunzia assieme) circolava nel primo mese. Poi svanì, e non per disattenzione (che non era cosa possibile): ma perché Maria Rosaria e tutto il resto della servitù avevano cominciato con il tam tam. La signorina Francesca il professorino non lo voleva più vedere; la signorina Francesca non lo vede più; la signorina Francesca ogni giorno che passa assomiglia sempre di più a suo padre. E poi la signorina Francesca è cambiata. Anche i suoi vestiti non sono più quelli di prima. La signorina Francesca pensa che il giardino comincia a costare troppo. Non sono più i tempi del tedesco, che per farlo come voleva ha speso tutto il ricavato dei trecento ettari a oliveto di Florìdia. E Maria Rosaria era felice che tutto stava cambiando, e forse tornava com'era un tempo: «Adesso la signorina Francesca dice che Totò potrebbe venire soltanto la mattina, e il pomeriggio solo due giorni, se è primavera o estate. Sapete con tutta quell'acqua che serve per queste piante si poteva piantare a frutteto, altro che storie».

Se non altro l'acqua poteva servire a lavare lo scandalo come fosse sangue da portare via al più presto. E di scandali ne erano passati così tanti che non si potevano neppure contare. Cominciando dalla malattia di Donna Franca, che non si è mai capita bene; e dicevano venisse dagli anni sregolati di quando era ragazza a Palermo. E certe donne del professor Pirandello, che c'era anche quel figlio illegittimo, tenuto sempre lontano. Ora ripara le gomme, e le vende, ma per essere figlio di un signore è un poveraccio e ormai, quando lo chiamano il bastardo, in città non abbassano più la voce come facevano prima. «E sapete lui che fa» bisbigliava Maria Rosaria, attenta che nessuna delle due ragazze sentisse mentre parlava di queste cose, «quando Carmine va con la macchina, lui lo fa pagare il doppio. Apposta, capite. Forse è giusto».

Ma la signorina Francesca di lì a poco avrebbe sistemato anche questa storia dei soldi che nessuno controllava. Perché Cinquefrondi le istruzioni le aveva ricevute giuste: Donna Franca aveva spiegato prima di morire come dovevano essere divise le rendite delle terre. Ma lui amministrava bene, per tutti, e anche per se stesso. Dopo la morte di Donna Franca nel palazzo non aveva più messo piede. E si vedeva poco anche in città: con la sua cartellina sottile e il fisico ancora asciutto arrivava la mattina alle otto al portone di via Umberto I, dove c'era il suo ufficio, e non usciva mai prima delle nove di sera. Non andava neanche più a parlare con i contadini, per controllarli. In realtà cominciava ad averne paura, ed era stato minacciato.

Dunque il denaro non arrivava più come un tempo. E Totò, che a sua volta gli toccava andare da Cinquefrondi per conto della famiglia a controllare gli affari, tornava sempre sconfortato.

Anche Totò capiva che il tempo non giocava a favore di nessuno. E prima di ogni cosa non giocava per nulla a favore suo. Del giardino si cominciava a diffidare: soprattutto dentro il palazzo. Francesca aveva un progetto per la testa: un progetto che inquietava Totò, un uomo che non avrebbe potuto fronteggiare la forza di una donna come Francesca.

E se avesse deciso di cambiare tutto? Come fermarla? Francesca sapeva che la resa dei conti era vicina. Così Totò cercava alleati; avrebbe voluto Nunzia dalla sua parte, ma oramai Nunzia era perduta. Persino da me cercava qualcosa: anche se in modo confuso.

Appena fuori dal palazzo le cose non andavano meglio. Lo scandalo di Nunzia, le ribellioni di Francesca avevano messo sotto accusa, come una vergogna, non soltanto le ragazze, ma anche tutta la famiglia, che in verità fu sempre rispettata, nonostante certi comportamenti eccentrici sia del professore, sia di Donna Franca. Ma poi, non sapendo più a chi attribuire le colpe di quanto stava avvenendo, si cominciò a parlare di questo giardino, del suo artefice, e del fatto che da quando il giardino era diventato quello che era diventato le cose non andavano più come allora. Anche la zia era sempre stata bene, prima.

In questo gioco di responsabilità rientravo anch'io. Con il mio *Cantico* avevo passato il limite. E di questo era convinta soprattutto la Curia di S. con i parroci delle chiese del centro. Ma soprattutto era convinto padre Alessandro, che ebbe il privilegio di apprendere le cose in confessionale. Lui l'aveva sempre detto che il *Cantico* «in chiesa è meglio non leggerlo, perché i fedeli non sono pronti a quelle parole, che possono apparire ardite soltanto a chi nella mente ha certe fissazioni, certe malattie del corpo da cui si può guarire con la mortificazione della carne, che avvicina a Dio». Così a quella predica della domenica padre Alessandro sarebbe comunque arrivato. Anche senza ricevere prima la visita di Nunzia. Anche senza incontrare l'arcivescovo.

Ci sarebbe arrivato comunque, eppure fece ugualmente sensazione che scegliesse il *Cantico*, per commentarlo: proprio il testo che stava incuriosendo l'intera città.

Padre Alessandro aveva una barba che allora era ancora castana; pur essendo abbastanza giovane non aveva un capello in testa ma uno sguardo forte, acceso, che metteva a disagio. Era l'unico che poteva parlare del *Cantico dei Cantici* con autorevolezza. L'arcivescovo gli aveva chiesto di mettere le cose a posto, là nella sua chiesa, quella di San Francesco, accanto al Museo Archeologico. E si erano passati tutti la voce: che il frate francescano avrebbe parlato del *Cantico*, e che quel giorno la messa doveva essere un messaggio chiaro. Neanche a dirlo la chiesa di San Francesco si adattava bene alla situazione: uno dei lati, quello che conservava i resti della vecchia chiesa normanna, correva per un lungo tratto parallelo al muro di cinta del giardino di Francesca e Nunzia. Poi il muro del giardino andava quasi ad appoggiarsi alla chiesa, all'abside, formando un vicolo che non ci passavano nemmeno i carretti più piccoli.

Più che una messa sembrava uno spettacolo di teatro. Padre Alessandro apparve sul pulpito e iniziò con un tono della voce molto basso. Quasi sussurrava. Per le navate scese un silenzio assoluto.

«Leggete il *Cantico*. Leggetelo e mondatelo dai pensieri dei miscredenti. Mondatelo, e aprite la vostra mente al Signore. Giungete dove gli atei non potranno mai: pronti a confondere l'amore con la miseria della carne. E pensate che Iddio ha voluto nella Bibbia questi versi perché voi possiate imparare a leggere la vita e l'amore come qualcosa che va oltre il visibile. Il Signore vi chiede di recitare il *Cantico* come un inno, la musica che unisce Dio con la sua Chiesa. Un inno eterno che soltanto chi possiede la fede certa può comprendere. E ha lasciato il demonio appena fuori, ad aspettare tutti quelli che con una risata hanno creduto che l'amore di cui parla il *Cantico* sia il trionfo della carne. Perché è così, il *Cantico* può essere il poema mistico e perfetto per chi sa, per chi va oltre. Ma spalanca le porte dell'inferno a chi non vede oltre sé stesso, oltre la propria esistenza terrena. E allora non chiedetevi che cosa significhi quel testo. Imparate a guardare là – ora la voce era tornata la sua, forte, tonante: e indicava furente la vetrata dell'abside che raffigurava san Giorgio che uccide il drago – guardate oltre, aspettate che il sole sorga e vi illumini. Fatevi abbagliare da quella luce, e poi chiudete gli occhi, e provate a pensare all'Altissimo, a colui che vi ama, e a questa Chiesa che vi accoglie, peccatori, e vi aiuta a liberarvi dei vostri peccati. E voltatevi, e imparate che il demonio c'è, è fra voi. Che cedere al demonio è pensare che anche i versi della Bibbia possono farsi qualcosa d'altro, qualcosa di più facile, persino di indecente. No, ricordatelo, ricordate che la vostra Chiesa è la via per arrivare a quel paradiso a cui tutti aspiriamo. Pensate a questa Chiesa, guardate questi affreschi, queste vetrate, ascoltate l'organo che riempie di musica sacra tutto quello che pare impalpabile. E allora, se la nostra Chiesa fosse un muro, dovreste abbellirla con merli preziosi, se fosse porta fatela alta e magnifica. Ricordate quei versi del Cantico: «si murus est, aedificemus super eum propugnacula argentea; si ostium est, compingamus illud tabulis cedrinis». Farete questo per la gloria del Signore, farete questo e ricorderete le parole del *Cantico*, che vi ripeto nella lingua in cui è stato scritto: *'azzah kammawet 'ahabah*. Sentitelo questo suono: *'azzah kammawet 'ahabah...* Vuole dire "Forte come la Morte è l'Amore". E significa quello che sapete, significa quello che avete tutti voi giurato quando vi siete presentati qui di fronte a me, a suggellare il sacramento indissolubile del matrimonio. Sacramento che richiama la vostra unione con il Signore, con la sua Chiesa, con la nostra Chiesa...»

Le parole di padre Alessandro arrivavano fuori dal portale. Davanti a lui c'era un'intera città, tutti ascoltavano impressionati, e non osavano sorridere di quella predica che non lasciava equivoci. Se nessuno a S. aveva osato indicare l'inferno a quei peccatori, lui lo avrebbe fatto. Se nessuno aveva saputo porre un freno allo scandalo, che almeno da quel pulpito si potesse esercitare l'invettiva, ma anche dare una possibilità a quelle anime perdute.

E padre Alessandro sapeva bene che quella predica, quella messa domenicale non era officiata per me, per Nunzia o forse Francesca: era rivolta a tutti quelli che provavano il disagio di condividere la stessa aria, gli stessi profumi, le stesse strade con l'indecenza, con il peccato.

Non poteva essere tutto così annodato assieme: santi e puttane, esistenze rispettabili e peccatori pronti alle fiamme dell'inferno. Padre Alessandro doveva prendere la sua spada e tagliare quel nodo. E solo lui poteva indicare quale strada andava percorsa. E aggiungere – perché non basta mai, perché va sempre ripetuto – dove sta la salvezza e dove la dannazione.

Io avevo letto la Bibbia per corrompere quella ragazza, e si può mai indurre in tentazione una giovane attraverso la Bibbia se non si è demoni, se non si conoscono le arti diaboliche come nessuno?

«E allora miei fedeli lasciate ai peccatori senza speranza le frasi della Bibbia: che una e una sola spiegazione possono avere. Godete di questi versi: "Il vostro ombelico è come una coppa preziosa, che non è mai vuota di liquore. Il vostro ventre è come un mucchio di frumento circondato di gigli". Non arrossite miei fedeli a queste parole. Guardate qua, dove io sono, su questo pulpito. E rimproveratevi fino alla penitenza per aver osato pensieri lascivi su questi versi. Piegate il capo, e non guardate le vostre mogli che siedono accanto a voi se avete pensato che queste parole dicono ciò che in verità non dicono.»

Era il liquore del melograno di Nunzia, il liquore ambrato che beveva da quegli otri antichi. Nunzia la sera prima ne aveva bevuto, e aveva rotto due melograne, e le aveva appoggiate su un piatto che stava accanto a me, dalla mia parte di letto. E aveva respirato con affanno per tutta la notte, mentre io non riuscivo più a dormire, e avevo paura che qualcuno potesse entrare in quella stanza. Nunzia mi aveva detto che le melograne portano fecondità, che le melograne portano fortuna. E mi aveva offerto ancora una volta quel vino ambrato come non avevo mai visto, che incollava le labbra da quanto zucchero rimaneva alla bocca.

Nunzia mi aveva detto che a scuola lei non sarebbe più tornata. Mi aveva detto che ora il nostro *Cantico* dovevo leggerlo a lei sola, e non più ai suoi compagni, malati di sesso, che andavano nei bagni a toccarsi ogni volta che lei li guardava. E mi parve avesse paura che qualcuno in casa poteva spiarci. E la mattina dopo avremmo avuto il coraggio di andare in quella chiesa, e sentir tuonare padre Alessandro? No, non l'avremmo avuto. Al contrario di tutta la città che guardava incredula quel frate: «Ricordatelo, l'ombelico è come una grande coppa. E la Bibbia dice che questa coppa serve a ricevere lei stessa le comunicazioni divine, ma soprattutto a concepire e partorire molte anime per Gesù Cristo. Ed è rotonda perché riceve molto e perché non può trattenere niente, ricevendo solo per elargire. Ed è sempre innaffiata da acque di fonte, che sgorgano dalla divinità, e a lei vengono offerte le grazie più esclusive, per essere distribuite agli altri. Il vostro ventre è la vostra fecondità spirituale. Perché è questo che si intende per "ventre". Questo ventre è come il mucchio di frumento, ne possiede tutte le qualità. Ed è circondato da gigli, a segno di una totale purezza. Purezza capite. Questo è il *Cantico dei Cantici*: un poema sulla purezza».

La notte prima accanto a Nunzia pensavo a cosa avrebbe detto il giorno dopo padre Alessandro. Mi avrebbe maledetto dall'alto del suo pulpito e dei suoi studi di teologia. Lui che dicevano stava per sposarsi e il giorno del matrimonio era scappato e poi si era fatto frate. Cosa avrebbe detto di me quel frate e di Nunzia, che ero certo di amare?

«Non ci andare a quella messa» mi ripeteva Nunzia quella lunga notte «tutti ti guarderanno, si volteranno a ogni sua parola. Perché lui sa, perché mi ha confessata. Sono andata da lui perché dovevo togliermi di dosso i peccati di quegli sguardi, di quegli uomini che volevano il mio corpo e mi seguivano mentre passeggiavo e godevano davvero, solo a vedermi passare. E anche il frate respirava forte, che non capivo neppure cos'era, allora gli ho detto tutto quello che avevo sentito, sempre meglio, e lui non rispondeva niente. Gli ho detto che dentro di me c'era il tormento. Ma non perché avevo peccato. Io ti volevo ancora, anche lì in chiesa ti volevo, lì dove stavo inginocchiata con la faccia schiacciata contro quel mobile di legno. Allora lui ha gridato che sapeva chi ero. Che mi ero perduta. E che lui sapeva che mi ero perduta. Mi ha detto che il peccato della carne è una cosa da bestie. E quando finisce te ne devi scappare, andare via e pentirti. E che lui aveva pianto per questo, perché a lui gli era successo, e non doveva succedere più. Per questo si era fatto frate capisci, per scacciare le tentazioni. "Frate", mi aveva gridato, "non prete. Perché i frati hanno il voto di castità. E i voti non si spezzano. Per nessun motivo. I voti sono impegni con il Signore Gesù Cristo". E allora gli ho chiesto se le tentazioni poi le aveva scacciate. Non volevo farlo arrabbiare. Ma lui ha cominciato a dirmi che il mondo è un inganno, che si combatte con il demonio. Che il demonio si traveste in tutti i modi, e ti fa godere. Vuole portarti con lui. Allora io gli ho risposto che era stato il vino, quel vino sai?, e che mi sembrava di fare quello che volevo. E che la prima volta che sei entrato non mi hai fatto male. Allora ti ho cercato ancora. Perché ne avevo voglia, e non riuscivo a pensare a niente. E aspettavo di ricominciare. E mi guardavo il corpo che era diverso; andavo allo specchio, mi spogliavo nuda e mi guardavo, mi giravo di profilo. E mi sembrava di essere perfetta. Allora dall'armadio di mamma mi sono presa i vestiti, quelli di quando era giovane. E sono uscita, passeggiavo come se li avevo addosso tutti, tutti quegli uomini dico, mi piaceva e mi spaventava. Gli ho detto al frate che anche nel *Cantico* si dice della donna, dei suoi seni. Anche la Bibbia dice: "Il vostro seno è più delizioso del vino, e l'odore dei vostri profumi supera tutti gli aromi..."».

Chi c'era in prima fila? Molti che in quella chiesa mai erano stati visti. Tutti per quel frate che doveva rompere quell'equivoco sacrilego che stava portando all'inferno una città: purificare, come soltanto lui sapeva, tutto e tutti. E pensare che quando arrivò da Siena, al convento pensavano che sarebbe andato via presto. Ma erano passati trentacinque anni e non si era più mosso. Per quanto l'accento toscano gli fosse rimasto: «Cosa pensate di queste parole? "Come sono belli i vostri seni". Pensate che Iddio vi parli del corpo? Di quel corpo che diverrà polvere fino al giorno del Giudizio? Iddio vi parla di questo grande matrimonio tra lui e la vostra anima. E allora i seni sono più belli del vino, perché hanno vino e latte: vino per i forti, latte per gli infanti».

Qualcuno assentiva. Tutti gli altri capivano assai poco delle parole di quest'uomo che ancor giovane era stato chiamato a dirigere il convento francescano da una terra lontana. Eppure soltanto lui avrebbe potuto mettere una parola definitiva su quell'indecenza; lui solo poteva mettere ordine, e dominarli tutti, dall'alto del suo pulpito.

Che poi capissero cosa stesse dicendo, non si poteva garantire. Perché padre Alessandro era convinto che quei versi erano l'apoteosi dell'unione tra Cristo e l'Anima, che lui chiamava la Sposa. Ma in chiesa nessuno dei devoti riusciva a pensare ad altri seni e ad altri giardini, se non a quelli che ben conosceva, e che erano assolutamente terreni. Per cui lo sforzo mistico di padre Alessandro rischiava di trasformarsi in un'arma contro sé stesso: «La fecondità dell'anima sarà tale da somigliare a un giardino delizioso pieno di melograni. Il melograno rappresenta le anime unite in carità: ogni anima è un grano del frutto».

Nunzia aveva confessato a padre Alessandro di essere attratta da quell'albero come da nient'altro, che il giardino era fiorito attorno al melograno: «Ma a lui questo non gliel'ho detto. Perché già gridava. Però lui doveva sentire quello che dicevo e senza raccontarlo a nessuno, perché mi stava confessando. E anche questo mi piaceva. Ma quando gli ho parlato del melograno ha iniziato a battere forte con la mano sul legno e volevo scappare via. Ma sono rimasta inginocchiata. E ho pensato che i miei peccati mi avrebbero bruciato, come le streghe, e anche questa cosa mi piaceva: e volevo dirtela. "Tu andrai all'inferno", mi ha detto il frate. E io ho pensato che all'inferno da sola non ci andavo. Che anche gli altri ci venivano con me: tutti, tutti quelli che stavano appoggiati al muro e guardavano il mio corpo santo come quello della donna del *Cantico*; e anche il frate ci veniva. E più a lui tremava la voce, più a me piaceva. Così gli dicevo altre cose, nemmeno vere, per sentirlo gridare: "Allora padre, ho peccato anche contronatura". E lui respirava sempre più forte. Stavo inginocchiata in quel modo e gli dicevo che ogni volta che mi inginocchiavo pensavo a quelle cose. Poi ha parlato in latino, e diceva «more ferarum, more ferarum». Diceva che non si poteva in quel modo, che era alla maniera delle bestie selvatiche. E gli ho risposto che anche il *Cantico* diceva: "Il mio amato ha avvicinato la sua mano da uno spiraglio della porta, e le mie viscere e i miei seni hanno tremato a questo solo contatto". Perché dovevo dannarmi per questo?».

«Perché nel *Cantico* l'amato è Dio» diceva il padre, tremante, appoggiando le braccia con forza sulla balaustra di quel pulpito, e muovendo il capo tutto attorno, come non volesse farsi sfuggire neppure uno sguardo, uno solo, della folla che lo seguiva in basso «e l'amata, la Sposa, è l'anima, quella vostra anima che dovete salvare. E allora quando Dio chiama, quando Dio vi domanda le ultime rinunzie e i sacrifici più estremi, voi cosa fate? Le viscere, si scuotono le vostre viscere, perché è la mano di Dio che vi ha toccato...».

Maria Rosaria diceva che la predica era durata fino alla sera. E che padre Alessandro non si era mai fermato. Mai, neppure per bere. Neppure per prendere fiato. Ma non fu così, la messa durò per buona parte del mattino. La gente ne uscì impressionata: chi non conosceva quei versi d'amore capì che neppure della Bibbia ci si poteva fidare. E Gaetano era preoccupato perché sua figlia Annunziata leggeva «le parabole prima di addormentarsi, e se poi trovava quelle tuniche che si aprivano e quei seni che saltavano, e tutto quel miele?». E qualcuno lo corresse:

«sussultavano, Gaetano, voi ricordate male, avete presente la Nunzia quando si incammina più veloce? Appena girata la casa di Salvatore Costantino? Guardatela davanti, pare uno spettacolo».

Gaetano non diceva niente, aveva messo il cappello in testa e si era rannicchiato nelle spalle. Forse pensò che quella Nunzia era schierata veramente come un esercito in battaglia, e dunque che la città era assediata. O di certo non lo pensò, perché Gaetano non era capace di pensieri come questo, lui andava per i cortili a riempire materassi. Probabile che lo disse un altro, Pasquale Monteforte, l'avvocato, o Carmelo Accolla, che nella vita non aveva mai fatto niente, salvo conquiste femminili note a tutti. Ma era buon compagno di ramino, e conosceva ogni modello sportivo di automobile. Lui, Accolla, a una come la Nunzia non avrebbe neppure rivolto la parola: come si faceva? Certo sembrava una donna, ma non la era ancora, parola sua, che di queste cose ne capiva. La sorella invece, nessuno ne parlava più, con quello sguardo da nordica, quella sì che valeva la pena.

Francesca non usciva più. E neppure al palazzo era facile incontrarla. A parte Totò che doveva vederla di necessità. Da quando aveva deciso che la sua vita era in quel palazzo e che tutto doveva tornare come prima. Riguardo a me, pensai che il suo atteggiamento distante fosse dovuto alla mia vicenda con Nunzia. Però mi illudevo: Francesca aveva cancellato ogni parte di sé, diversa da quel suo nuovo presente. E aveva deciso che quel giardino era il sogno di un tedesco pazzo e di una madre troppo malata per capire fino in fondo quel che stava accadendo. E peccato che suo padre, il professore, non c'era più, lui non avrebbe mai permesso quella cattedrale della botanica senza una logica.

«Gli ho detto a padre Alessandro che mi potevano rinchiudere sai? Che anche Francesca poteva togliermi quello che mi spetta, perché io l'età non ce l'ho, e non posso decidere per me. E tanto lo so che Francesca mi vuole ritirare da scuola, e vuole mandare via Totò. Manderà via anche te, però tu a quella messa domani non ci andare, non ci devi andare perché lui ti punterà il suo dito e tutti si volteranno; tu starai in fondo, l'ho sognato, l'ho sognato proprio ieri, starai appoggiato alla fonte del battesimo. E lui non ti nominerà; no che non lo farà, ma ti indicherà così, con l'indice, e sarà così preciso che tutti guarderanno te, e nessun altro. E se andrai, lui dirà che ti scomunica, che non puoi entrarci in una chiesa con quello che stai facendo. Anche a me ha detto che non mi avrebbe permesso di andare all'inferno, e neanche tu ci dovevi andare, ma io non ero capace di scegliere, e andavo difesa dal serpente tentatore. E io ho sentito un dolore che mi attraversava, mi sono alzata che quasi cadevo e sono uscita fuori dal portone. Ma per strada tutti mi guardavano al solito modo. E io questa volta non li sentivo. Aspettavo soltanto che venisse la sera, perché con la sera venivi tu.»

Ricordo ogni parola di quella notte. Anche quelle di Francesca, che mi incontrò nel pomeriggio mentre stavo per salire le scale: e mi guardò per la prima volta con odio. Disse che le cose «prendono vie e direzioni che non ci si aspetta». Disse che sua madre le aveva affidato la tutela della sorella e il palazzo; e certo il giardino. Mi guardò con l'aria di chi sa ciò che dovrà accadere. E pensai a quell'episodio di Parigi, a quel giorno che raccontò di esser scappata via, e di aver parlato in dialetto. Pensai che Francesca non parlava dialetto. Pensai che non era vero, e che di quella storia non sapevo nulla. Tornai a quelle parole tronche del professore, a Tubinga, sul giardiniere. Ormai Francesca si era irrigidita, si era spenta, pareva una donna distante dal mondo, preoccupata di riportare quel luogo a chissà quali origini, prima che Neumark e Donna Franca lo trasformassero.

Ma quella sera non immaginavo che la parte comprata anni prima per ingrandire il giardino era già stata venduta. E in meno di un anno dentro quello spazio non ci sarebbe stata più una sola pianta: e avrebbero costruito il palazzo dei telefoni.

Quel palazzo avrebbe portato via buona parte del giardino. Totò smise di parlare con chiunque. Scongiurò di salvare soltanto alcune delle piante: così furono vendute tutte per il giardino della villa nuova di Cristoforo Priolo, quello dell'acciaio, fuori Catania, che in città lo dicevano: era ricchissimo. Pensare che dopo sei mesi, sei mesi soltanto, Totò era già lì, da Priolo, pronto al suo nuovo lavoro.

Ma possibile che certe voci fino a Catania non arrivano? Si chiedevano al Tripoli. Forse arrivavano, ma Totò era ormai un mago e in quella villa aveva due stanze che davano sul giardino. Chi lo rivide disse che stava bene. Riguardo al giardino dei Pirandello, quello rimasto, c'erano oramai pochi alberi, un cedro molto grande, due palme, il melograno. «Questo sarebbe bastato» aveva detto Francesca. Il resto finì seppellito in un cortile di cemento per le automobili che arrivava fino a quella chiesa che rese celebre il frate senese dallo sguardo visionario.

Naturalmente padre Alessandro quella mattina aveva parlato del giardino del *Cantico*. Ma tutti sapevano che in realtà si riferiva a "quel" giardino: «Quando leggete "voi che abitate nei giardini", sappiate che quel giardino è un prodigio del Signore, è il luogo del silenzio, dove l'Anima riposa, tra fiori, frutti meravigliosi e piante odorose nell'attesa di ricongiungersi a lui. Quelli non sono giardini delle delizie dove perdersi, dove stordire i sensi, vivere nel piacere, nell'inganno. Sono un luogo dove meditare, dove attendere il suo arrivo, l'avvento del Signore, soltanto allora potrà spezzare quel silenzio profondo e ineffabile».

E Nunzia, la notte prima continuava a raccontare, ammorbidita dal vino e dal vento di scirocco: «Che poi gli avevo detto che io peccavo già soltanto camminando per il giardino. Uscivo dalla porta di Maria Rosaria e arrivavo fino al melograno, che non fa tanta ombra. Cercavo di togliermi tutti quei pensieri, che anche Neumark me l'aveva detto: che il melograno significa tante cose. Neumark mi aveva detto che veniva dallo stesso luogo del *Cantico dei*

Cantici. Mi aveva detto di non andarci perché vengono i pensieri cattivi. Francesca allora rideva, adesso lo pensa anche lei. Vuole vendere un pezzo di giardino, vuole mandare via Totò. Ma con il melograno non lo fa, sennò la uccido. Giuro che la uccido. Francesca non ha parlato con quel frate, io sì. E quando gli ho detto che il melograno veniva da lì, mi ha risposto che dovevo combattere contro quel demonio che mi stava prendendo, e portando via».

Non passarono più di sei ore, e al Tripoli si discuteva di quel frate, che era stato incaricato dall'arcivescovo in persona, e c'era chi aveva parlato di un cardinale da Roma: che aveva saputo, e che conosceva i segreti di quella casa, di quel giardino.

«Il giardiniere tedesco, è lui che è un indemoniato» ripeteva Bonsignore «dice don Gaetano che quel frate è uno che parla tutte le lingue, anche quelle che non conosce. Dice che ha dei poteri, e che l'arcivescovo lo sa. E don Gaetano dice che il frate, padre Alessandro voglio dire, è andato da lui all'improvviso, ieri mi sembra. E l'arcivescovo l'hanno dovuto chiamare che stava già dormendo. E quando gli hanno detto che era quel frate si è rivestito così in fretta che tutti i suoi dolori alle ossa sembravano spariti. Don Gaetano dice, parola d'onore che è vero, dice che si sono chiusi nella biblioteca. E da fuori non c'era verso di sentire niente. Niente di niente».

Le parole di don Gaetano avevano fatto il giro della città. Erano arrivate al Tripoli, erano arrivate dappertutto. D'altronde non c'era da stare tranquilli con una famiglia come quella. Il padre, il professor Pirandello, non era un miscredente? E Donna Franca non aveva qualcosa da nascondere? Quella malattia? E quel legame con il tedesco, quel giardino voluto a ogni costo, che pareva un libro di delizie? E la figlia grande? Non fu lei la prima a dare scandalo? Andando all'estero per studiare il cervello? In città quella famiglia è sempre stata un corpo estraneo, anzi, era come se non ci abitassero proprio da quelle parti. Solo il palazzo appariva familiare a tutti quelli che passavano per le vie attorno.

«Date retta a me. C'è il diavolo di mezzo» diceva Pippo Parlato.

E il cavaliere: «Sapete di che diavolo si tratta? Siamo nel 1959 signori miei, e voi parlate come se fossimo ancora al tempo delle Crociate. Qui il diavolo sta tutto lì: in quelle gambe, in quei fianchi, in quella bocca. Ma le avete visto la bocca? Io non so quanto l'arcivescovo può capire questa storia. Io so che di fronte a una donna che ti provoca a quel modo, tutti quelli che ci credono vedono l'inferno. L'inferno vi dico. Se poi è minorenne quelle fiamme si alzano ancora di più, e bruciano tutto. Lo vedete il professorino come sta adesso? E com'era quando è arrivato? Un bel giovane, elegante, vestito con giacche di taglio buono. Ah certo, mica come ora, che sembra un reduce della guerra. Di quelli che gli è scoppiata la mina vicino alla testa e non capiscono più niente. Voi dite che padre Alessandro in chiesa questa mattina ha detto che doveva mondare dai peccati un'intera città?».

«Sì, e ha detto anche: "Chi ha fede nell'Altissimo sa di che parlo. E non chiede oltre, perché già parlarne vuol dire peccare".»

«Bene Pippo Parlato ci ha riferito la frase come è stata detta. E mi ha reso un favore» continuava il cavaliere «ma questi frati, con rispetto parlando, cosa possono capire della carne, la carne non è debole, signori. La carne è la vera felicità».

Quel pomeriggio di questo argomento si parlò un po' dappertutto. Perché si voleva sapere, come fu, come accadde, e soprattutto perché. Tanto valeva che fosse Nunzia ad affacciarsi a quel balcone del palazzo, e dire quello che aveva ripetuto al frate in confessione: «Perché voi non potete capirlo, padre, ma più mi congiungo a lui, più mi sento unita a qualcosa che non posso levarmi, sennò muoio. Sapete, anche l'amore per il Signore deve essere così». Se avesse potuto, padre Alessandro se ne sarebbe uscito con una bestemmia. Ma certo non poteva. E disse soltanto: «Ora basta» sibilando. E il suo respiro tornò lento e profondo.

«Ma poi perché questo passeggio serale?» si chiese il cavaliere come a chiudere quel discorso.

«Perché in quel modo è scandalosa» ribatté un uomo che non era del gruppo, ma stava ascoltando dal tavolo vicino all'ingresso.

Qualcuno si voltò stupito, come potesse aspettarsi di tutto tranne che una frase sensata da uno con quella faccia.

«E scandalosa per chi? Per noi che siamo qui che la aspettiamo? O per sua sorella, che è peggio di lei?

O per le buonanime del professore e di Donna Franca? Perché loro due li avete mai visti in città? Vi hanno mai rivolto la parola? Con quel tedesco, e il professorino. Eh già perché il professorino lo conoscevano, mica viene dal niente quello. Quello stava a pranzo e cena da loro in Germania.»

«E si fotteva la figlia grande» ribatté il cavaliere con un filo di voce, spazientito da quell'uscita di Bonsignore troppo decisa.

«Se la fotteva? Forse. Che ne possiamo sapere.»

«Ma della più giovane lo sappiamo.»

«Si dice» ribatté il cavaliere «E guardando come cammina mi pare di sì».

Solo a quel punto il signore seduto in disparte diede al cameriere una moneta e alzandosi li guardò tutti: «Voi sapete che padre Alessandro è pronto. Ve lo dico io, ve lo dico. Padre Alessandro ci ha liberato dalla bestemmia sulle Sante Scritture. Ora tocca alla ragazza».

«Tocca cosa?» chiese qualcuno.

«Santo Iddio. Solo quel frate può liberarla» e scuotendo la testa si allontanò.

Nessuno disse niente. Ma c'era da sapere cosa si raccontarono il frate e l'arcivescovo.

In quanto a Francesca, cosa avrebbe fatto cominciavano a capirlo tutti.

12

«Professore a voi da qui vi conviene che ve ne andate. Tutti vi guardano in modo strano. Dicono che è vostra la colpa. Ma poi quando la Nunzia passa si ferma tutto. C'è un silenzio che ho sentito solo dopo i bombardamenti.»

Il tipografo mi aveva dato appuntamento dietro il camposanto. Era agitato: «troppi discorsi, troppe parole, troppe cose. E dire che non è vero niente. Lo sanno anche loro. Ma oramai dicono che la Nunzia ha il demonio in corpo. La volete sapere una cosa professore? Secondo me sono loro quelli tentati dal demonio. Non la Nunzia. E non vogliono più vederla passeggiare così perché sta diventando una fissazione, una febbre della mente. Non si parla d'altro in città. Prima al Tripoli sentivi della Democrazia Cristiana e dei comunisti. Di chi si era comprato la 600. Parlavano di tutto. Imparavi anche le cose quando arrivava il cavaliere, che voi lo sapete, io l'ho sempre rispettato. Adesso niente. Neanche la briscola si fanno, quando sentono qualcuno che passa per strada si voltano tutti insieme. Specie quando è l'ora buona, la sua ora. E adesso tutto vogliono sapere. Com'è la casa, e com'è il giardino, e le stanze; e poi della sorella, anche. Professore, datemi retta: andatevene. Voi lo sapete, qua vicino c'è la grotta dove si sente tutto, dove il tiranno metteva in prigione quelli che lo volevano mandare via. E poi stava su e sentiva tutto quello che dicevano. Anche di voi sanno tutto, professore».

Sembrava un destino della città, un grande orecchio di Dioniso dove non si poteva parlare sottovoce, perché ogni suono, anche quelli sussurrati, diventavano parole che tutti potevano udire. In questo modo capivo ancora meglio quello che stavo facendo. «Professore» diceva Antonino «voi siete di buona famiglia. Siete ricco, lo sapete che il popolino non si permette».

Ritenevo che questo valesse anche per le due sorelle. E in parte era vero. Se non fosse stato per quel modo di camminare, e di portarsi appresso quel corpo che, come aveva detto il professor Proietti un pomeriggio al Tripoli: «pareva una scultura di Fidia, perfetto: forse un po' magra. Ma a quello si può fare qualcosa».

Il professor Proietti era critico d'arte, e sognava tuniche e sguardi classicheggianti. Ma Nunzia non pareva affatto una scultura di Fidia. Nunzia era selvatica, contorta come un rampicante: tesa e morbida insieme. Il colore della pelle era scuro, non diafano, ma non troppo scuro. La tinta dei suoi capelli era di un nero che brillava. Ma soprattutto camminava con un movimento che dal fondo della schiena arrivava alle spalle, e sembrava un'onda che va a infrangersi sul seno come una scossa.

L'avevano detto che era come prendere la scossa. L'aveva pensato anche il frate, quel padre Alessandro convinto che solo il demonio avrebbe potuto mettere assieme quel sacro e quel profano, quel corpo custode del peccato, e quella voce appassionata. Questo padre Alessandro aveva detto all'arcivescovo che se credeva al demonio era per pigrizia, ma non voleva sporcarsi le mani con pratiche quasi stregonesche come gli esorcismi. Per di più a nessuno della comunità ecclesiale sarebbe stato permesso di entrare in quel palazzo. E a provarci si finiva soltanto nell'imbarazzo.

Così l'arcivescovo avrebbe accettato al massimo una messa, nella chiesa di San Francesco, e se padre Alessandro avesse voluto predicare il vero significato del *Cantico dei Cantici* tutta la città si sarebbe giovata del suo alto magistero. Per il resto che quella carne si perdesse. Ci sono peccatori a cui teniamo di più: «quello è un mondo chiuso alla parola del Signore, e ci vorrebbe un miracolo. Un vero miracolo, padre Alessandro».

Ma padre Alessandro non era convinto di quelle parole dell'arcivescovo: «Monsignore, permettete di spiegarmi. In quella giovane, perché si tratta di una donna assai giovane, c'è qualcosa di diverso dalla volontà di perdersi nei sensi, nell'errore di vedere il corpo come fonte di piacere. Non c'è soltanto la filosofia materialista, no, monsignore, non è soltanto questo. C'è un afflato, una passione, un rigore nel vivere tutto questo che è sacrilego. Perché svela il suo piacere per la carne, per l'uomo che con lei si congiunge, secondo natura e contronatura, con una passione simile a quello delle sante quando parlano di nostro Signore Gesù Cristo. Soltanto il demonio, monsignore, può aver compiuto questo capolavoro di perfidia e di inganno».

Ma all'arcivescovo quel frate non era mai piaciuto troppo. Il suo sguardo lo metteva a disagio perché non smetteva mai di fissarti, e ti parlava così vicino che dovevi indietreggiare. Non gli era mai piaciuto perché voleva che gli alberi si mettessero a camminare, e gli animali a parlare. E non capiva che il silenzio era una virtù irrinunciabile. Perché anche il nostro Signore Gesù Cristo tacque per molti anni. Ma là in Toscana dove padre Alessandro era cresciuto, le persone sono diverse. Qui con il sangue e la carne si fanno i conti tutti i giorni. Perché allora stupirsi di una sedicenne che si concede a un giovane più adulto? Perché scomodare Satana per questo?

«Satana è orrendo architetto di progetti più illusori, ormai tenta le moltitudini» rispose l'arcivescovo paziente «Satana sta cesellando un gioiello malefico che ci distruggerà: il materialismo, il comunismo, padre Alessandro. Qui le ragazze conoscono gli uomini assai presto. E un tempo era anche peggio. Per i poveri, per i disperati di queste zone c'era solo il piacere della carne. Ma se il demonio è arrivato qui, c'è arrivato per distruggere tutto, per convincere gli uomini a negare Dio. Avete visto cosa è successo nelle ultime elezioni? I comunisti e i socialisti hanno preso dieci milioni di voti, vuol dire dieci milioni di atei. E ditemi se questo non è il male. Fate bene a dire messa per il rispetto del Canto di Salomone. Ma lasciamo ai nostri pretini l'indignazione per quel corpo...».

«Indecente» interruppe padre Alessandro.

«Certo, indecente, certo. Ma lasciamo a loro il compito di ammonire le anime dell'errore, dell'aberrazione dei piaceri della carne. In quanto a noi: la battaglia contro il materialismo la combatteremo assieme. E sarà per maggior gloria del nostro Signore.»

Nunzia poteva godersela ancora per un po', pensarono quei pochi che videro uscire il frate contrariato. C'era solo il tempo per mettere a punto la predica. I pensieri di quell'uomo erano rigorosi come le parole del *Cantico*, ma anche dolci come il suo miele, odorosi come i suoi profumi. La tentazione di quei versi ora si faceva concreta. E tutte le volte che padre Alessandro ripensava a quelle parole, che un tempo gli apparivano sublimi come la porta del regno dei Cieli, perfette come le sembianze della Madonna del Lippi, altissime come lo Spirito Santo; quando ripensava a quel *Cantico*, a quei seni, a quel ventre che era una coppa, non poteva non tornare a quella ragazza che parlava con dolcezza, con stupore, di cose basse e sporche.

E invece l'aveva fatto, aveva osato entrare nella casa di Cristo, passeggiare per le navate e poi chiedere proprio di lui a frate Beniamino. E gli aveva detto che si era inginocchiata di fronte al suo uomo nello stesso modo in cui si era inginocchiata davanti a lui. Gli aveva detto che tutte le volte che si inginocchiava era come un gesto che invitava al piacere. E che c'era uno specchio nella stanza, e poteva guardare attraverso lo specchio quell'uomo che si avvicinava a lei.

Come aveva osato mostrarsi attraverso le grate del confessionale mentre pronunciava parole come queste? Lui, padre Alessandro, l'aveva guardata, non riusciva a staccarle gli occhi di dosso. Poi l'arcivescovo fa presto a dire che il demonio non c'entra nulla. Ma quale sortilegio lo aveva reso schiavo di quelle parole? Parole che facevano di quella ragazza l'incarnazione della voluttà che conduce alla vergogna. Dov'era l'anima di quella fanciulla che parlava del suo corpo come quanto di più perfetto Iddio avrebbe potuto creare? E del sesso, la via maestra del perfettibile verso la perfezione?

Perché così aveva pensato padre Alessandro. Che la via maestra alla perfezione, per un tarlo della coscienza, era passata per quel corpo.

Ma Nunzia sapeva che quell'uomo aveva il dovere di ascoltarla. E che era un sapiente come altri lì non ce n'erano. Per questo quella sera mi aveva raccontato di essere entrata in quella chiesa, perché «volevo confessarmi con quelle parole sante. Come una preghiera: «Osculetur me osculo oris sui». E lui a dire che bestemmiavo. Allora gli ho detto che avevo paura: perché la notte sento dei passi, e aspetto che qualcuno entri in questa stanza. Anche il tedesco. In casa le donne dicono che qualche volta lo vedono e trovano il portone del vicolo aperto. E nessuno in casa ha la chiave per il lucchetto. Allora come si fa? Maria Rosaria dice che Totò ce l'ha la chiave, e forse persino il tedesco. E di notte, non credere, li ho sentiti i passi nel giardino, tante volte: Francesca ora dice che sono i fantasmi. Non lo dice per spaventarmi, sai: è solo che lei ora ci crede. Dice che c'è una donna che cammina per il muro di cinta. Forse lo fa perché lei il giardino non lo vuole più. E Maria Rosaria è spaventata, e dopo le otto non esce più fuori neanche per prendere la legna, che sta a due metri dalla porta della cucina. Gli ho detto anche questo al frate: io so che Neumark torna di tanto in tanto. Dicono che è morto ma non è vero. E l'ultima volta è stato meno di un mese fa. Era ancora giorno. Qualcuno in casa sa dove trovarlo, anche se vive lontano. Ma che si facesse vedere di giorno non pensavo si potesse. Qualcosa sta succedendo».

Nunzia guardava il soffitto e parlava, ma io sentivo sempre meglio i passi per il corridoio. Nunzia continuò a parlare e parlando finì per addormentarsi. Uscii dalla camera e guardai giù in giardino, ma non c'erano fantasmi: passai la stanza della musica entrando nel salone delle feste. Pensai al cavaliere, forse l'ultimo in città a poter dire di aver visto quella casa.

Anche se era molti anni prima «il 1934 o il 1935, e la figlia grande ancora non era nata». Il cavaliere diceva che a quel ballo c'erano tutti: «dall'ingegner Gaspare Conigliaro, ai Giacarà ai Cocuzza. E c'era Giuseppe Urso, il podestà, che mi guardò prima furente, poi quasi divertito che un antifascista come me potesse trovarsi faccia a faccia con lui, che in questa città era "il Fascismo"».

Quanta gente poteva starci, in questo salone? Il buio e il silenzio dilatavano ogni cosa; guardai su, verso la balconata che incorniciava con un tondo il disegno della cupola a vetri, che era di un blu intenso e pareva un cielo orientale: «Perché mai quel ricevimento?» si era sempre chiesto il cavaliere «Quando quella famiglia guardava dall'alto in basso persino uno come Eduardo Di Giovanni, il grande avvocato che fu poi deputato subito dopo la grande guerra. Di quel mondo non è rimasto niente. La guerra ha spazzato via tutto. Non soltanto il fascismo». Era facile che il cavaliere si abbandonasse alle nostalgie. E se avesse potuto ancora vedere quel salone com'era apparso a me quella notte, avrebbe tenuto al Tripoli tutti fermi ad ascoltarlo per chissà quanto. Ma lui era solo uno dei tanti che dicevano di aver ballato al suono dell'orchestra in quella serata di settembre, e non c'era motivo che tornasse in quelle stanze.

«Mio padre venne a sapere che qualcosa non andava. Che al partito fascista, fatto ormai di gente che non si conosceva, il suo nome non risultava tra gli iscritti. Nulla di grave. A mio padre nessuno avrebbe mai chiesto spiegazioni di questo. Chi avrebbe osato?»

Francesca era apparsa alle mie spalle, e mi aveva parlato come se avesse potuto leggermi nel pensiero. Senza accendere le luci. Sollevò il braccio di un giradischi a manovella e appoggiò la puntina su un disco che stava sul piatto: «Mio padre non volle mai dire cosa volessero fargli. Allora pensò di invitare tutta la città. Si accesero i lampadari. L'orchestra venne da Napoli per nave. Non invitò quei piccoli dirigenti fascisti che ormai comandavano su tutto, ma il podestà sì. Con quella grande festa finì tutto. Dopo, mio padre e mia madre si chiusero nel palazzo per molti anni. Mio padre smise di insegnare. Furono anni di studi intensi. Io nacqui poco dopo. Nunzia pochi mesi prima dello sbarco degli americani. Ma già alla fine del 1945 eravamo in Inghilterra, poi in Svizzera e in Germania. Mio padre dopo quella festa non parlò più con nessuno in città. Quando tornammo in questa casa mia madre fece chiudere gli strumenti in una stanzetta e mise al centro questo giradischi a manovella, con il disco che mio padre le regalò in Germania: lo sentiva tutti i pomeriggi, prima del tramonto, a volume basso. Sai, mia madre era fascista, a modo suo: era fascista finché non ne incontrava uno, allora diceva che puzzavano di stalla, e avevano le unghie sporche, con quei cinturoni e quegli stivali da miserabili. Però l'ordine, quello sì che sapevano tenerlo. Lo stesso ordine del giardiniere: un pazzo che ha trasformato l'esterno di questa casa in un labirinto insopportabile. A meno di non spazzarlo via e tornare alla vita».

Nel disco suonava un'orchestra, attutita, destinata a sentirsi in sottofondo. Proprio come l'altra musica, quella di venticinque anni prima che finiva per non distinguersi dalle voci, dal brusio, dai bicchieri in cristallo di Baccarat, dai camerieri che scivolavano dietro le schiene nude come fossero invisibili. Il professore parlava con tutti, ma per gli ospiti più importanti l'orario di invito era anticipato di mezz'ora, quanto bastava per un aperitivo servito in biblioteca. Giusto il tempo per l'orchestra di accordare gli strumenti, e quel continuo tirare corde e allentarle, avvitare ance, sistemare i bocchini degli strumenti pareva il preludio di una musica moderna, che prima o poi qualcuno avrebbe osato suonare. Maria Rosaria ricordava un gran rumore di piatti e di vetri, e passi dappertutto, sopra, al primo piano con quel parquet che sembrava dovesse incrinarsi per sempre sotto il peso di tutti quelli che andavano e venivano. E poi le fiaccole nel giardino, che allora era più piccolo. Andai verso la finestra e guardai fuori, pensai che non avevo mai visto più di due persone assieme passeggiare per quei vialetti. Ma Francesca non si mosse, continuò a parlare, ferma, accanto al fonografo.

«Pensavo che fossi tornato per me. Ma poi hai trovato mia sorella. No, non ti sto rimproverando di niente. Il mio biglietto non era un invito a tornare. Tu sei tornato, e nel posto sbagliato. Domani tutta la città sarà di fronte a quel frate che rimetterà le cose a posto. A scuola Nunzia non verrà più. C'è un collegio in Germania dove potrà rimanere per qualche anno. E tu cosa farai? In una città che non ti appartiene, dove hai dato scandalo. E qui gli scandali non si dimenticano, e non si perdonano, ma solo perché muovono le cose, fanno disordine. Mica per la morale. Da quando sono tornata in Sicilia ripenso ai miei anni in Francia, e a Tubinga; a quel mare del Nord che ti ho raccontato. Mia madre diceva che sarei rimasta io sola in questo palazzo. Mi arrabbiavo, sbattevo la porta e ripartivo. Ma aveva ragione, sono l'unica che rimarrà qui.»

Pensai ai passi che avevo sentito per il corridoio. Francesca si muoveva di notte in un luogo che avrebbe fatto paura a chiunque. Quando scappò via da Parigi aveva già deciso che la sua vita sarebbe finita seppellita in un lungo silenzio, quel silenzio che avrebbe voluto quel giorno a lezione. Quando non volle opporsi alla forza dell'ipnosi. Così ritornò. Perché non c'erano luoghi verso cui partire, se non quelle stanze, quelle mura non più abitate da nessuno. E che dire di quel giardino? Dove nessun uomo di buon senso avrebbe mai piantato alberi tropicali? Ma Neumark era capace di orientare gli alberi secondo la forza e il calore dei venti. Così d'un tratto, da un anno all'altro, quel giardino era apparso a tutti come il prodigio che era.

«Ho visto Nunzia uscire ieri» disse Francesca abbassando la voce «non sei tu che l'hai cambiata, il suo corpo si è preso quello che doveva. Ieri l'avrebbe dovuta vedere mia madre, per quanto era bella: se l'avesse vista così, con i vestiti che erano stati i suoi, con i gioielli... Si muoveva in un modo impossibile. Persino Maria Rosaria aveva abbassato lo sguardo. So cos'ha pensato. Lei ha conosciuto mia madre da giovane, dell'età che adesso ha Nunzia. Dice che sono due gocce d'acqua, capisci».

Ormai quella voce la sentivo lontana, come andasse a perdersi in quelle stanze vuote. Provai pena per Francesca e per Nunzia: costrette a vivere in quella casa vuota, con una madre malata e con quel Neumark che aveva rubato a tutti l'anima, e «aveva fatto uscire di testa quel pover'uomo di Totò». E se lo diceva Maria Rosaria, c'era da crederle.

«Totò non era un pover'uomo. Non pensare. Era lui a cercare Neumark» continuò Francesca. «Per Neumark donne o uomini erano lo stesso, non faceva differenza. Con me non osava neppure avvicinarsi. Sapeva che non lo volevo. Riguardo a Nunzia, non so dirlo. Quando lui entrò in questa casa lei era ancora una bambina. Nell'ultimo anno forse Neumark la cercò ma Nunzia non ne ha mai parlato. Non ascoltare quello che dicono in casa: Neumark è andato via con un po' di soldi, che certo non sono più di quelli che negli anni ci ha rubato Cinquefrondi. Ma tu l'hai visto, Neumark, che si aggirava attorno a questa casa. Totò sa dove trovarlo, e Totò è preoccupato. Molto. Ha paura per il suo giardino, e vuole fare paura a me. C'è qualcuno che di notte passeggia là fuori ma non si fa in tempo a scendere che è già scomparso, uscito da una delle porte del muro di cinta che Totò conosce bene. È tutta una messa in scena, a cui credono solo le donne di casa. L'altro giorno le ho sorprese, stavano in cucina e dicevano che l'altra notte avevano visto il tedesco passeggiare tra gli alberi in fondo. Loro dicono che è uno spettro perché Totò racconta a tutti che Neumark è morto in un naufragio.»

«Questo me l'hai detto anche tu» risposi.

«E mentivo. Perché tu chiedi troppo. Ma anche perché prima dovevo capire cosa volesse Neumark da Totò. Ora lo so. E ho fatto cambiare tutte le serrature delle porte che danno sul giardino. Da allora non si sono più viste luci deboli e tremolanti.»

Totò voleva che il giardino rimanesse com'era. Diceva che l'aveva generato una mente superiore. Ma dove avesse trovato Neumark per richiamarlo qui, nessuno è mai riuscito a saperlo. A un tratto mi parve di vedere in giardino qualcuno che si muoveva. Francesca me la indicò: «La vedi? È Nunzia. Per scendere giù deve essere passata per forza dalla stanza qui fuori: ha sentito la musica, e ha sentito le nostre voci. Ora ci guarda da lontano. Come da lontano ha sempre guardato tutti noi. Mio padre, mia madre, me stessa. Mio padre aveva persino soggezione di lei. Io la odiavo: odiavo i suoi silenzi, e quella sua bellezza. Perché io ero sempre stata bella e tutti erano abituati a questo. Nunzia no, "Nunzia" dicevano tutti: "spacca le montagne". Adesso guardati: sembra che non riesci a vivere di nient'altro. Lei è un mistero. Soltanto mia madre poteva intuire i suoi pensieri, parlavano sempre, da sole. Anche quando mamma non ragionava più, un modo lo trovavano. Un modo che io non avevo. Io, che ho amato mio padre perché era un uomo chiaro, di una limpidezza che mi lasciava ammirata. E tu lo sai. Ora sei qui, in questo salone, e avrei voluto esserci quel giorno in cui lui li guardò tutti, fiero della sua intelligenza, capace di spiccare su tutti».

Francesca parlava, ma io non riuscivo a staccare lo sguardo da quel corpo leggero che potevo vedere fuori dalla finestra, con i capelli sciolti, seduta ai piedi del melograno. Nunzia era così vicina che potevo guardarla negli occhi. La musica ricominciò, ancora una volta. Mi voltai a cercare Francesca, ma ormai ero rimasto solo.

Epilogo

Mi ero comperato un'automobile. Sapevo che sarei andato via da S. in un modo diverso. Ero arrivato in treno, me ne sarei andato in auto. Non volevo farmi vedere alla stazione, con le valigie: non avrei sopportato gli sguardi della gente. Però non me ne sarei andato come un ladro; volevo lasciare un messaggio prima di partire: perché tutti sapessero.

In quei giorni precedenti alla mia partenza accadde un fatto imprevisto. Suonò alla mia porta il cavaliere. Fu due giorni dopo la predica di padre Alessandro, quando si seppe che Francesca Pirandello aveva venduto il "giardino aggiunto", come tutti lo chiamavano da sempre; e anche le piante più belle. In paese dicevano che Cinquefrondi aveva venduto già da tre mesi e per una buona cifra. D'altronde di spazi così dentro il centro storico non ce n'erano, e quella è rimasta l'unica costruzione moderna tra case barocche e piccoli giardini. Ancora oggi, passando da via Palmieri appena superato l'incrocio con Sant'Irene si può vedere sulla destra quello strano contrasto tra il palazzo ormai in rovina e quel solido slanciato tutto lucido di vetri a specchio, che pareva un monumento al futuro. Non fu soltanto questa costruzione a dire che i tempi stavano cambiando. Il Tripoli avrebbe chiuso di lì a pochi anni per lasciare il posto a un salone di automobili. Ma da tempo i suoi frequentatori avevano cambiato luogo dove incontrarsi: andavano al caffè Vittorio, dove si poteva approfittare anche di una saletta riservata per la briscola, e di grandi vetrate per godersi il passeggio delle ragazze.

Tutto cambiò così rapidamente che il cavaliere non riusciva a rassegnarsi. Il suo giornale era in vendita, diceva, ma nessuno si sarebbe mai comprato quel foglio pieno di errori e stampato sempre peggio. Catania non pareva più la città dove si facevano affari, dove accadevano le cose. Ora anche a S. c'erano giovani avvocati intraprendenti che venivano da ambienti nuovi. Non dalle solite famiglie, tutte imparentate tra di loro, che da almeno un secolo comandavano in città.

Il cavaliere era venuto a trovarmi a casa, anche se non capivo il perché: «La Democrazia Cristiana è quella che conta davvero» diceva sconsolato «sono loro i veri padroni. E pensare che in questa città c'erano ben due logge massoniche: la Timoleonte e la Archimede. Io stavo nella Timoleonte, mio caro professore. E c'era anche il suo provveditore. Modestamente, quel provvedimento, come dire, disciplinare contro di voi è rimasto là sulla scrivania, lettera morta. Perché serve pure a qualcosa essere stati dei sognatori. Vedete professore, io sono venuto qui, a casa sua, perché volevo parlarle, ho saputo che andate via, che tornate all'estero. Fate bene».

Se penso al cavaliere seduto sulla poltrona di pelle che mi ero portato da Catania, con il bastone appoggiato al bracciolo, mi viene da sorridere. In questo era un vero giornalista: «che carriera avrei fatto se avessi accettato di andare a Torino, alla "Gazzetta del Popolo", ma preferisco stare qui. Sapete, tutti pensano che la ragazza, Nunzia, dovevate sposarla. A Donna Franca e al professore sarebbe piaciuto. Ma dite, è vero che avete comprato voi il terreno del giardino? Perché se è così, non c'è solo la Società dei telefoni, anche una ditta molto rispettabile sarebbe interessata all'acquisto a buoni prezzi. Ve lo dico perché è giusto valutare altre possibilità. Se mi dite che non ne sapete niente, allora in città parlano a vanvera».

Era venuto a trovarmi per affari o per sapere di Nunzia? Forse era venuto soltanto per salutarmi. «Il cavaliere è curioso» mi aveva detto Antonino un giorno «vuole sempre capire tutto. Ma non gli riesce più come una volta». Antonino aveva ragione, e quel tono di scherno rivolto al cavaliere spiegava le sue intenzioni future: «con la pensione di invalido di guerra posso campare con decenza. Ho compiuto sessant'anni. E comincio a vederci poco. Il cavaliere troverà un ragazzo bravo, svelto, e con tutte e due le braccia».

Come fosse arrivata la notizia che io avevo comprato da Francesca quel pezzo di giardino poteva sembrare un mistero solo a chi non sa come corrono le parole in questa città. Si disse che «la piccola aspettava un figlio» e veniva portata via per questo.

Si disse che l'arcivescovo aveva acconsentito a liberarla dal maligno, ma in un'altra arcidiocesi, forse a Caltagirone. Le voci di quei mesi si erano fatte più confuse. Sembrava la fine della festa di santa Lucia, quando i fuochi d'artificio scoppiano tutti assieme, e i bambini si mettono le dita nelle orecchie dal frastuono.

Anche Nunzia aveva fatto così. Uscì ancora una volta per una passeggiata, fingendo che nulla stesse accadendo. Arrivarono persino i vigili. Qualche donna la insultò. Al caffè Vittorio finsero di non vederla. I ragazzini cominciarono a importunarla, mentre davanti al Tripoli il gruppo del cavaliere non si scompose: continuarono a giocare a carte come se nulla fosse. Le grida dei ragazzini eccitati dal suo passaggio si alternavano al rumore secco delle persiane che si chiudevano.

Nunzia passò sotto la mia finestra, la guardai dietro le persiane accostate. E quei versi del *Cantico* sembravano scritti per lei:

> Come sono belli i tuoi piedi dentro i sandali.
> La curva dei tuoi fianchi
> è opera di un maestro artigiano.
> Il tuo grembo è una coppa fatta al tornio,
> ánfora tonda, e ha vino inebriante;
> i tuoi seni sono due gazzelle,
> il tuo collo è una torre d'avorio
> e i tuoi occhi son come le vasche di Cheshbon;
> la tua fronte è come la torre che dal Libano
> guarda dall'alto Damasco;
> i tuoi capelli hanno il colore della porpora...

Ma ormai erano versi vuoti di senso. Se fossi sceso a recitarli nessuno mi avrebbe ascoltato. Se avessi detto da quel pulpito che non c'era nessuna differenza tra l'amore per Dio e il piacere di quel corpo mi avrebbero maledetto. Ma se avessi confessato la passione che provavo per il disegno di quelle spalle, per quella schiena, forse mi avrebbero capito. Disapprovato, però capito. Persino padre Alessandro mi avrebbe assolto. Senza furori: la tentazione della carne è uno dei travestimenti più grandiosi del demonio. Non c'è uomo che non sia passato da questo come da una malattia recidiva.

Ma pretendevo cosa? Di parlare d'amore quando Maria Rosaria aveva sentito i gemiti, le grida soffocate, le reti dei letti che cigolavano come fosse un'immonda orgia? Parlavo d'amore quando avevo corrotto quella ragazza; che certo si sarebbe salvata se io non le avessi fatto conoscere, come disse don Gaetano: «quel piacere da cui nessuno è mai tornato indietro».

Cosa pretendevo dunque? Che nostro Signore approvasse quell'indecenza, come fossero nozze mistiche? Nunzia l'aveva detto in confessione: Iddio doveva esserci anche in quei momenti. Se no quel *Cantico* non sarebbe stato scritto.

Avrei potuto usare la parola amore con qualcuno? Con mio padre? O con mia sorella Ninetta, che ripeteva: «non puoi chiedere che la facciano santa. Neppure Maria Maddalena è diventata santa, da puttana che era. E dire che lavava i piedi nientemeno che al Cristo».

Figurarsi Nunzia. Un pomeriggio un ragazzino le aveva gridato che era meglio del cinema. Aveva ragione, Nunzia si muoveva come una divinità, e l'avrei perduta. Mia sorella Ninetta mi guardava allibita: che scandalo sarà mai stato? Una storia di letto. Non sarebbe stata né la prima, neppure l'ultima. A quell'età ci sono quelle che restano ancora bambine e quelle che scoprono il sesso, gli uomini; se ne trovano quante se ne vuole, anche di belle. Ero diventato come il professor Sciuti con la zingarella. Uno «fissato con le adolescenti». Uno che i buoni padri di famiglia non inviterebbero mai a casa se hanno una figlia di quindici anni. Mia sorella l'aveva detto subito: «quella non resiste a lungo in un posto come questo». E non immaginava di certo che sarebbe andata dal frate a dirgli che inginocchiarsi per pregare è la stessa cosa di inginocchiarsi per godere.

Da Friburgo mi avevano invitato in Germania. Per Nunzia si era aperta la porta di un collegio affacciato sul lago di Costanza. Francesca si sarebbe chiusa in quelle stanze, forse per sempre; riguardo a Totò si è già detto quel che si doveva.

La mia automobile era già carica quando chiusi le portiere e mi avviai a piedi verso via Idomeneo, al numero 10, centocinquanta metri dal Tripoli. Ma prima ero passato dal palazzo di Francesca e Nunzia anche se ormai sapevo che il cancello del giardino non si sarebbe aperto.

Nunzia era partita tre sere prima per Palermo, con un cugino, da lì sarebbe arrivata a Milano, e poi in quel posto di confine tra Svizzera e Germania. L'ultima volta che la vidi fu il giorno che passò davanti alla mia finestra. L'ultima notte, quella precedente alla predica di padre Alessandro, quando Francesca mi parlò nel salone della musica.

Mi fermai davanti al cancello mentre da una radio arrivava una canzone. Il ritornello diceva: «così fu quell'amore dal mancato finale così splendido e vero da potervi ingannare».

Con quel ritornello in testa arrivai alla porta della tipografia. Antonino era di spalle: puliva con una spazzola la macchina da stampa. Dal grande soppalco arrivava il ticchettìo della macchina per scrivere del cavaliere. Antonino sentì i miei passi, guardò lo specchio in fondo allo stanzone e disse, senza girarsi:

«Siete voi professore, non è vero?»

«Sì Antonino.»

«Ve ne andate, non è vero?»

«Sì Antonino, ma prima...»

«...volete mettere un annuncio» aggiunse venendomi incontro.

«Proprio così.»

«Va bene, ditemi cosa debbo scrivere?»

«Sapete, avevo un foglietto con il *Cantico dei Cantici*. Me lo sono portato, dice: "Le grandi acque non smorzano l'amore, né i fiumi lo sommergono".»

«Datemi pure.»

«No» risposi: «è che venendo qui da voi ho sentito una canzone alla radio, il ritornello diceva: "così fu quell'amore dal mancato finale così splendido e vero da potervi ingannare"».

«E allora cosa volete? La frase del *Cantico*, oppure questa?» chiese Antonino.

«Ho cambiato idea, voglio questa: la canzone.»

«Va bene, ma la frase dovete darmela in stampatello, bella chiara. La volete su tre righe?»

«Decidete voi» dissi mentre scrivevo lentamente sul retro del mio foglietto quelle parole.

«Meglio su tre righe» decise Antonino.

Salutai il tipografo. Mi richiamò che ero ancora sulla porta: «Professore, scusate, lo sapete non è vero? Questa frase la leggono tutti».

«Sì, ma ormai non c'è più nessuno» risposi senza voltarmi.

Il ticchettìo della macchina per scrivere del cavaliere cessò per un istante. Poi riprese più veloce di prima.

Desidero ringraziare chi ha condiviso con me il lavoro su queste pagine: Andrea Cane, che ha creduto in questo romanzo e mi ha seguito per tutto il tempo della stesura; Laura Bosio, per i suggerimenti preziosi; Adriana Colella e Rossella Vignoletti, per l'ottimo lavoro redazionale. Ferdinando Scianna per la disponibilità. Ho ritradotto, dove era necessario, il *Cantico dei Cantici* tenendo presente le versioni dal latino di Cesare Angelini e soprattutto quella dall'ebraico di Amos Luzzatto.

Un grazie a Federica che in questi anni mi ha raccontato molte storie e vicende che fanno parte anche di questo libro.

Questo romanzo è dedicato a mia madre e a mio padre.

Roma, 1 dicembre 1998
R.C.

BUR
Periodico settimanale: 3 maggio 2000
Direttore responsabile: Evaldo Violo
Registr. Trib. di Milano n. 68 del 1°-3-74
Spedizione in abbonamento postale TR edit.
Aut. N. 51804 del 30-7-46 della Direzione PP.TT. di Milano
Finito di stampare nell'aprile 2000 presso
lo stabilimento Grafica Piotello (MI)
Printed in Italy

L 32139768
L'ETÀ PERFETTA
2°EDIZIONE
ROBERTO
COTRONEO
RIZZOLI
MILANO

ISBN 88-17-25120-8